中国年度
优秀散文诗
2020卷

杨志学　干海兵　郝子奇　主编

新　华　出　版　社

图书在版编目（CIP）数据

中国年度优秀散文诗．2020卷 / 杨志学，干海兵主编
北京：新华出版社，2021.3
ISBN 978-7-5166-5708-9

Ⅰ．①中…　Ⅱ．①杨…②干…　Ⅲ．①散文诗—诗集—中国—当代　Ⅳ．① I227.6

中国版本图书馆 CIP 数据核字（2021）第 044247 号

中国年度优秀散文诗．2020卷

主　　编： 杨志学　干海兵　郝子奇

责任编辑： 李　成　　**封面设计：** 李尘工作室

出版发行： 新华出版社
地　　址： 北京石景山区京原路 8 号　　**邮　　编：** 100040
网　　址： http://www.xinhuapub.com
经　　销： 新华书店、新华出版社天猫旗舰店、京东旗舰店及各大网店
购书热线： 010-63077122　　**中国新闻书店购书热线：** 010-63072012

照　　排： 华兴嘉誉
印　　刷： 北京明恒达印务有限公司

成品尺寸： 150mm × 230mm
印　　张： 20　　**字　　数：** 278 千字
版　　次： 2021 年 3 月第一版　　**印　　次：** 2021 年 3 月第一次印刷

书　　号： ISBN978-7-5166-5708-9
定　　价： 50.00 元

目录 | CONTENTS

一辑　气象万千

二辑　山河锦绣

三辑　城市灯火

四辑　乡村时光

五辑　心灵窗户

六辑　青春之翼

一辑
气象万千

秋思（外一章）

耿林莽

夏日的蝉声渐渐衰微，敛起的薄翼不再颤动。

牵牛花擎起蓝色的杯，将炎热的汗水一饮而尽。

新生的竹叶子，随意地伸开湿润的手指，悠长的一泓水，从她的指尖滑下了清凉的秋。

秋天是身心净化的季候。

一湖静静的秋水，睁开了智者的眼眸。

澄彻、透明、淡雅、宁静。

秋水在沉思：春日的温暖与明媚，夏天的热烈和袒露，冬季的冷冽和严酷。

秋天是成熟的季节。不仅有满坡金黄的稻谷，枝上累累的硕果，墙头珠玉般晶莹的葡萄，而且有对人生世界，以及生活的哲思。

秋天是思想升华的季候。

叶子一点点旋落，树影稀疏，不会再有浓重的黑影，覆盖在秋水上了。

鱼们翩翩地游来，吮吸洁白无瑕的云的投影。

恋者坐于水边，望那菰蒲深处，可有那踽踽而至的倩影？

望穿秋水，伊人终将来到你的侧畔。

秋水是爱情成熟的季候。

野 渡

松柏无言，守护着一湾秋水，黑黝黝的投影。覆盖了无人的渡口。

静静的河，落入阴影。落入梦幻。

河那岸，古铜色山壁屹立着永恒的庄严，山坡下荒凉了的土地，呈现出色彩的饥饿，

人呢？

所有的茅屋，全都熄灭了灯火。

野渡无人，摆渡的船只，依然在摇动着：悠悠，悠悠。

水悠悠，船也悠悠，

夜暗如许，谁还会来坐这摆渡的船？

静静的河面，像一块磨光了的石板：蓝！

蓝是一种凝固的幽暗。

有风掠过。从什么树上吹落的残花，一瓣，两瓣，成为唯一的渡者，会向何处漂泊？

（选自《散文诗》2020 年第 1 期上半月刊）

一个老人的独白（外一章）

王尔碑

我不认识我。

所有的镜子都模糊了吗？

今天，小溪对我说："你的头发白了。"

悠悠数十年间，我到底是什么呵？——木偶？乐意戴着锁链跳舞的舞迷？惊弓之鸟？奥勃洛摩夫或罗亭？

认识自己是痛苦的。我愿承受这痛苦。而木偶的游魂还在缠我。

今天，当我剪断锁链，忽然，我不会走路了；当我在深谷找回自己的舌头，渴想歌唱，我的声音已经暗哑。在无所惊悸、天空任我飞翔的黄金季节，我发现我的翅膀是僵硬的。曾经被某种药水煮过的翅膀呵！

当我含泪告别那些世纪病患者，我遇到致命的一击！他们，从古老的坟墓中走出来，高声冲我喊道："你认识自己太晚了。"

一个长长的叹息，在春夜的天空回旋："太晚了——太晚了……

红蜻蜓

走近你，红蜻蜓忽然暗淡忽然后退。

小小的昆虫，也迷信距离？

逃离奇迹，游历死亡。之后，走出长长的黑洞，阳光，正在洒下万紫千红的音乐。

红蜻蜓跌入一个孤独的梦。

纵然，她有一百只眼睛（在黑洞里诞生的眼睛），尘世上再也看不见你了。

她在湖上饮水，轻轻的点水之间，湖心忽然涟漪着你的影子，朦胧的清晰的许多不同的你：或歌或哭或笑或怒或沉思……她在树上远眺，沙原的尽头，白茫茫的天路上，有一队骆驼悲壮的剪影，她久久地凝视着步履从容的你。

于是，红蜻蜓忽然想飞。

远山，你就是她不可走近的远山吗？

（选自《大沽河》2020 年秋季号）

照相底片（外二章）

章德益

在照相底片内部，有一个黑白颠倒的世界。那里，太阳是漆黑的。光是暧昧的。枝桠是树根的轮廓。云是水的城堡。人以苟且的影子呼吸……

死者从漆黑地狱里爬回来。老人返回母亲的子宫。尘土里的头发逆向飘回头顶生长……光以朦胧的轮廓倒叙黑暗。

手无法从影子的反向世界里抽回，聆听它在照相底片里的溶解，都是时间的呻吟……

棋　手

置身于空棋盘的罗列当中，天空像颓废的棋手沉睡在棋格的缝隙里。

四顾棋盘空无，突然想起，那不可一世的马后炮呢？那势不可挡的当头炮呢？那步步紧逼的过河卒子呢？那横行天下，车辚辚，马萧萧的“车”呢？

只有遥远的楚河与汉界遥隔开天空与大地。只有匍匐的蚂蚁如最后的棋手厮守着这一角沙场。只有落日如醉酒的楚霸王以一团晚云继续表演霸王别姬。

“我只是一个没有退路的卒子呢。”他低下头，嗫嚅着想。“世界因为一盘残局的虚幻而如此矫情。”

他垂头向棋盘深处走去，才走几格，棋盘突然塌陷。他向棋盘塌陷的裂缝里望下去，啊，一道炼火滚涌的深渊，真正的楚河、汉界啊。

旅行者

一生的旅行一定从自我的身体始。

自肩膀始。那里有一个入口，斜斜地楔入左胸腔的肋骨处。肋骨后有古老的红磨坊与呼啸的风车群。

沿着身体的中轴线，穿越脑海里的鲨鱼群与血液中的美人鱼，抵达生命的子午线。有时在趾甲缝里采蘑菇，有时深入鬓角里仰望原始森林上空的浮云，有时在眼睛的深水湖里垂钓银河上游的鱼群。

身上布满与生俱来的悬崖和与生俱来的深渊。悬崖与深渊都是孤独者的天然景观。那里的海拔，经纬线与野生动物群落至今未知。

脚印在卵石上雕刻天空的幻象。十指在苔藓上烙刻云的名字。喉咙在深山里呼唤雷电的小名。没有驿站，没有起点，没有终点。渴了，喝自己的血吧。饿了，吃自己的肉。

日渐佝偻的脊椎已把生命压紧成最后一块压缩饼干，供养自己。

已经抵达一生的天涯海角。但偶一回首，晚年的风景依然是最初的风景。

（选自《星星·散文诗》2020 年第 7 期）

自度闲吟（节选）

李发模

1

春夏去也，空留秋月。莫言春红难割舍，夏绿又离别。痛煞煞，一头冬雪泛白。

历经风波，远离唇舌。从今休言仙鹤腿长，野鸭脚短，人“生”少“一”还是“牛”，耕耘岁月，埋头山野。丰产让他人，欠收予自己，默默咀嚼一把草，反刍如何添上那“一”横，药煞心血……

4

拉云入座，暂停日月如梭。

借月枕，让晴过，且慢且慢，缱绻闰年闰月闰时，云瞧我闲，我笑云白多。约云数晨昏，别忙别忙，慢慢悠悠时时刻刻，活着，要好活。拉手云天多给人生百年，百年再百年，弃名心快哉，舍利世外乐。

人活一生会有什么是是，什么是非，还会有什么不可？知音三五，食色一二，携云飘逸千峰万峦无碍，别说累了，累了且倚山而卧。小花小草任之心宽，袖里乾坤大着哩，醒来再陪鸟啼虫鸣，笑谈梦里炎凉，涌好大的风波。

之后随云再上高坡，轻盈远山一座一座，邀星月，慢些慢些，好好陪护日落。

6

骤雨过，趁绿肥红瘦张罗，邀朋对坐，听高树提携鸟语，闻近犬与蝉唱和。浓荫下，阳光呵呵笑了，热少凉多。

凉多，凉多，且看青峰仰采碧空，鸟啼下种，霞染山花映日红，泉流入库潜鱼肥，清风洗翠葱笼。寻踪山里人家，借曲径，通灵庄周梦。

7

鸟啼莫陶气，声声闹无际，怕不怕，我拉雾低垂，关你禁闭。

开门，开门，鹧鸪与杜鹃互唤，一声东，一声西，抖落些儿露滴："哥也，妹哩"；"不如归去"，"不如归去"！雾散几朵花色着迷，诱我望眼，泼浪蝉鸣，淹人入绿。几声笑谈，又被清风握着，掉进几泉嘻嘻哈哈，溅湿花枝。

问草木名姓，青绿一洗无余，披星戴月昨夜出发，一声雁过，半竿旭日……

9

漂木随波逐流，落叶糊涂放荡，漂木与落叶之上，几只蚂蚁经历沧浪……

云在高空空说洁白，天映绿水跳高崖狂妄……

谁言荒唐，谁在怅惘，放下身心，钓叟农夫各忙风清日朗。弯腰心无愧，过河脚稳浪平，拥此金山银河，不问谁谁留美名，且说舒心，是看了饭碗，鲜了鱼汤……

僧人过此，给神树挂红……

飞瀑之下，另几只蚂蚁摆渡，在风口浪尖上……

（选自《星星·散文诗》2020 年第 5 期）

太阳之播（外一章）

邹岳汉

极力铺张，其势若遮天。

狭促的乌云抖开它阴暗潮湿的翼翅，若掷出千柄锈断的长矛，猛地斩断太阳投向大海痴癫火辣的目光。

海上，那些狂放恣肆年轻的裸舞者们顿时黯然失色，终至于身心俱疲彻底地崩溃了。

太阳，奋然扶起那张古老而荣耀的犁杖，于畜群般涌动着前行的乌云脊背上，种植它无法排解的相思，一颗颗地，播下去！

播下去！

播——下——去……

勇武的吆喝。明眸闪忽。

沃野千里。犁浪翻卷。一次生命的盛宴经久未歇遂演绎为欲望的风雨征服的狂涛。

一颗颗希望的种子金色箭镞般倾泻而下，在大海颠颠颤栗的乳峰上扎根，发芽……

齐天涌起的垄垄浩波间，一群葱脆疾骤的鸥鸣，贴近若水帘洞般晶莹夺目、险象环生的涡流底部簌簌簌地掠过——

撞落浪开浪谢雪片纷飞的树树梨花，衔走阳光般灿烂辉煌的穗穗果实。

蝶恋花

喏，美艳耶如花。

浪荡仔？还是逍遥客？

——原来，不过是一只穿着打扮入时、花枝招展、活泼轻佻的蝶，晃晃悠悠，起起落落，徘徊在春光明媚、百花盛开，像蝶群一起栖落般五彩缤纷的园林小径。

花窃喜。乃以蝶一样娇艳迷人的笑靥，与它那刀锋般犀利的目光，将那只似乎已有些醉意洋洋昏昏沉沉，在空中胡飞乱舞的花之蝶，击中。

蝶落花前。

颤瑟瑟地。几分感动、几分满足地，啜吮。

梦幻迷离耶。是花，堕入蝶煽情的翅膀发出的淡淡迷香；

还是蝶，生死不舍花蕊深处一滴蜜的浓情？

抑或是，一个资历尚浅的诱惑者，被另一个世故老辣的诱拐者引入了一席精心安排的鸿门盛宴？

——又好像是：某位凡念未了的山居隐士，藉此酩酊大醉，疗养因错失某回美好邂逅落下的一块心病。

（选自《星星·散文诗》2020 年第 4 期）

林芝之密（节选）

王剑冰

一

很欣慰造物主在世界屋脊的地方，安排了一个林芝，一个波密。初听名字，会将林芝听成灵芝，将波密听成菠萝蜜。都是养人馋人的东西。

你看古错湖、易贡错湖那一个个叫错的蓝，被天空抱在怀里，你就知道，错在这里有着另一个美意。

圣洁在每一片草叶上发芽。云开出纷繁的花朵。水波中传出好听的歌唱。波密，一波一波的密码，自冰川时代泄出。

由此你知道先前浪费了太多的表情，本真的真实，在尘世之外。

二

我在这里看到蓝，大批量的无法言说的蓝，真真切切地布满大地与天空。

那种上气不接下气的蓝，那种目瞪口呆的蓝。

你没有见过这种蓝，你就总是在想往中，在沉重的雾霾中，在闭锁的屋子里孤单。

我不能发视频，蓝不在信号中。我也不能打电话，我就是把蓝说得天花乱坠，电话那头也还是不能明白到底是怎样的蓝。

我恨不能把蓝收纳进一个容器，带回去让你看看，这色香味俱全的蓝。

总之就是，来到这个地方，我独自奢侈，独自陶醉，独自狂欢。

三

没有什么能阻挡住高山，阻挡住风雪，阻挡住仰望的目光。

没有更远的地方。在我来过之后，我就觉得，其实我也在远方。

远与远的亲近，永远都是灵魂的挣扎，与精神的渴望。

雷与闪电在远方奔走相告，山河忽明忽暗，冰川的烛泪滴过千年，卓玛的发辫，还是那么光鲜。装了河水的桶在她的背上，长长的一只袖子，垂在格桑花的上边。

这里的人说，遇见背水的姑娘是一种幸运。我有幸遇见你，央宗卓玛，你放大了草原。

鹰在天上飞翔，它将一大片暗影铺在地上。它不似在飞，是在雪山上滑下，又滑上。

都说鸟时常在迁徙，有的从遥远的西伯利亚，带着长长的疲劳，到云南享受爱情。

鹰却不需要，鹰属于这片蓝天，鹰的羽翅，已经有着冰川的冷厉与威严。

四

这里有如此多的冰川：卡钦冰川、则普冰川、若果冰川、古乡冰川，它们冰清玉洁，真可说是冰雪中的玉女。玉女中最为有名的，还属海拔 6800 米的米堆冰川。

米的水滴，一点点成熟，一点点凝结，凝结成如此晶莹如此丰厚如此高耸的一座米堆。

米可以喂养生命，米堆具有同样意义。它甚至比米的意义更加丰富，它可以喂养米，它是一切生命之源。在它的下面，那么多绿色在葳蕤，绿色环绕蓝色的湖与蓝色的歌声。波密就在其中成长，渐渐长成迷人的模样。

用米粒养大的江南，眼睛朝西仰望，云的那边，有一个故乡。

一部藏南的大书，林芝若是封面，波密便是扉页。

如果将林芝说成一个少女，波密就是少女的一件佩饰。林芝喜欢这件佩饰，时不时地闪露一下。这样，波密惹人，林芝也惹人。

（选自《散文诗》2020年第11期上半月刊）

河流的变奏（外一章）

王幅明

原本一碧万顷，一瞬间，河流便神奇地变化了面孔。

风乍起，吹皱一河春水。渐渐的，水成了鱼鳞状，屋顶的叠瓦，松树的树纹，人的泪痕，蜿蜒起伏的山坡，发光的项链，微笑的眼睛，跳动的火焰……

突然间，无数个问号排阵而来，波浪做着蹦极跳的游戏，一会儿是骆驼的背，一会儿是变色龙，一会儿成了刺猬头，一会儿海豚在跳舞，一会儿蝙蝠漫天飞行……

一个骑兵旅奔驰而来，腾起的尘埃挡住了视线；一只大船翻倒进旋涡……

一把巨大的无弦琴，演奏着千古不变的主题：时光。

笼中鸟

一边是笼中鸟，一边是树林中自由飞翔的鸟，两者似在对唱。

你猜猜，谁唱得好听？

出人预料。笼中鸟：婉转，清丽；自由鸟：霸气，单调。

自由鸟总是在追逐爱情，不厌其烦地重复着同一个曲调。

失去自由的鸟，默默把爱藏在心底，终于修炼成音韵丰富的歌唱家。

（选自《天山时报》2020 年 5 月 9 日）

贝多芬故宅

谭仲池

波恩的胸脯上，敞开了一条智慧的巷道，巷道的阁楼里诞生了音乐的太阳。

阳光射出窗外，化作优美的旋律。无数百灵鸟唱着歌，在蓝天里飞翔。

三层的小木楼，是一个巨大的音箱，小提琴、大提琴、钢琴、铜箫都在纵情地歌唱，让整个世界有节奏地颤响。

明月从蔚蓝里升起，绿草在荒野上萌发，幻想变成朝霞，宁静酿造圣洁的月亮，女人的肌肤散发玫瑰花香，男人的臂膀挽着大海波浪。

木楼里流出了夜色的缠绵思念，木楼里流出了山巅的银色帷帐。木楼里抽出了爱情和友谊的心灵丝带，木楼里坠落了忧怨和离别的伤感红叶。

我不想离开这个木楼，我要守护在这里，多感受一下你血脉流动的热烈。

（选自《天山时报》2020 年 11 月 21 日）

水墨涅槃（节选）

读晁海系列国画《梦回故里》

耿　翔

之一

不是你的笔墨干枯。

也不是那一年，你在神游之中，一手推远身后的秦岭，穿过的渭河干枯。

梦回故里，你看见大地投下，千年的身形，还在一堆黄土，抹不开的色泽里，世世代代，雕塑陨石一样的面孔。

沟谷里，没有一丝，能滋润天空的水声。

神灵走远的路上，苍茫的人，转过身来。

丧乱的风，刮过土塬的上空，可以吹绿坡地里的麦苗，也可以吹活，窑背上的枯木。而被刀斧凿过的，人的脸面，不是风能随意修改。

重过金属的大地上，你用洗练的水墨，提炼阳光。

带着灵与肉，我在你泼洒给故里，高贵的墨色里，读到的声音，像从黄土地心，击打而出。

之三

黄土在塬上，带着稀疏的草木，从一面陡坡上漫漶下来。

被压迫在，大风吹过的坡下，一片村庄，深陷在黄土里，也像带着古老的风水，一路漫漶下来。

柴门土窑里，有人间的寂静，也有烟火上升。

落尽枯叶，树木抬高村庄，也让深陷在黄土里的人家，露出干净的面目。而每个，可以放下身体的夜晚，是活着的人，向泥土的一次退缩。

这样的村庄，多数已经消失了。

那些在原地，活得长久的，轮廓更加硬朗。

之九

一场收麦的大戏，正在渭河率先黄透，自己的平原上演。

带着金子的成色，麦子的骚动，让天空失去，一片蓝调的冷色。

大块汹涌上来的，云朵下面，收麦的人，匍匐在麦子，卷起的波浪里，他们的筋骨，碰得大地，在无数把铁打的，镰刀上抽搐。

割倒身边的麦地让风进来，吹去扎进肌肉里的麦芒。

也让风，带着遍地麦香，到天上去，放下一年的祭祀。

这个时候，不能抬头。

不能让众神手中的麦子，从身后赶来，夺走卷刃的镰刀。

一场人神，共演的收麦大戏，在水墨里，被简化成两个人。

（选自《星星·散文诗》2020 年第 9 期）

三月的风（外二章）

孙大梅

三月的风不知从哪里消失了。
想起那些互助的冷暖，以及我被风一次次忽冷忽热的靠近。

之后你变成了更大的风……

偶尔翻阅着你走后留下的孤寂，偶尔独享一条鱼的海洋。

风中的芦苇

几场雨造就了一个盛夏的水塘。
看不见的风，偶尔模拟着空中那些飞行的翅膀。
它羡慕这些拥有绿色裙裾的芦苇，每一天都焕然一新。
它忽视了芦苇本是一种草根的宿命……

勿忘我

这淡蓝色的小花，开在五月的田野。
有人在它的名字里重拾旧梦。

哦，互联网上的世界，让多少梦想瞬间成真。
我继续向田野深处走去，继续寻找那朵淡蓝色花瓣上的世界。
我看到了一滴透明的雨露，月光下两颗星星住进了一个琥珀。

（选自《星星·散文诗》2020 年第 9 期）

酒后，关于诗（节选）

皇　泯

8

在一座宫殿前，我们无须辉煌。

辉煌的宫殿，仅仅只是宫殿。

我们所要做的是用一种勇气来摧毁。

在一片废墟中，我们无须重建。

重建的废墟，仍然是废墟。

我们所要做的是用一种目光来晾晒废墟。

这未必与诗无关。

17

诗人的每一个词语都是存活在生活中的，否则，是生造。

而生活中的每一个词语都是有张力的。在你的诗中，你使用的这个生活中的词语有张力么？

21

我听到一只鸟在对我说话，我听懂了。也许，我找到了诗的感觉。

我将鸟语译成诗歌语言，也许，我可以成为诗人了。

译得恰不恰当，是衡量诗人好歹的标准。

24

是诗人，谁不想捕获心灵的闪电。

那昙花一现虽短促，但很美。给人的印象也更深刻呀！

25

我看达·芬奇的原作《蒙娜丽莎》，肯定敬佩，否则，说我不懂美术。

我读梵高的《向日葵》复制品，也跟着敬佩，否则，作为诗人，我不懂美术。

在《向日葵》原作前，我不由自主地跪下了，这也许是我对诗的理解。

29

拖着自己的影子走，虽然面向光，但回头却是黑暗。

追着自己的影子走，虽然背着光，前途却永远没有希望。

（选自《星星·散文诗》2020 年第 8 期）

读《巴黎公社诗选》（外一章）

杨柏榕

炮声已沉寂，鲜血已流光。

留下的，还有几页殷红的诗行。

整整一个多世纪，没有洗去纸上一个字迹；无数次狂风恶浪，也阻挡不了它奔走四方。

这是什么神奇的魔句，人们至今铭记难忘？

用血和剑刻写在人类行进的道上，不管来往的人们是否欣赏：只要还有压迫、奴役，这诗行就会鸣雷闪亮！

华夏，中国

疆域纵横，万里广博。雄伟的山川啊，奔腾的长河。大海涌洪波，岛礁呈星罗。还有无边的林木、草原和大漠。

华夏，中国！你的山河娇娆辽阔，一草一木都刻在儿女心窝。

你数千年一脉传承薪火。唐诗宋词啊，多么摄人心魄，四大发明至今智慧闪烁，英雄豪杰比星辰还要多。

华夏，中国！你的文明悠久丰硕，儿女们一代代目染熏濯。

你是无数绽放笑脸的花朵。一根大藤啊，长着五十六个果；无数当代的巨人和英模，把祖国建设得民主富强蓬勃。

华夏，中国！你是东方的一首赞歌，儿女们为你高歌为你奏乐！

（选自《中华魂》2020年第12期）

甘肃：史与事（二章）

阳 飏

平川瓷窑遗址短句

1. 把汉字变成诗歌，是我的任务；把音乐和舞蹈变成瓷器，是火的工作。

2. 蓦然看见一件瓷器在磁窑口等我。真高兴，我们并肩坐在一起。

3. 每一件瓷器都是一个奇迹，都是花草树木动物的兄弟。

4. 每一件瓷器都是一个白天，绕过黑夜永远的白天。

5. 穿过瓷器，为什么总是有一只鸟在歌唱。

6. 风在奔跑，在瓷器里面奔跑，奔跑成一种接近梦幻和天使的物质。

7. 我把一件带着这个夏天温度的瓷器，小心翼翼放在今夜的月亮上。

8. 关于瓷器，其实我还有一个小小的心愿：放弃所有关于瓷器的比喻。

礼县秦公簋的传奇故事

上世纪初，秦公簋偶然被一牧羊人发现，当废铜而卖到了兰州某商肆，用作厨房盛放残浆的器皿。后又被识货者购得，为时任甘肃督军张广建所有，携往北平。

王国维曾作《秦公敦跋》一文予以介绍——当时称簋为敦，国之重器遂举世皆知。

从盛放食物的生活器具又回到象征身份地位的宗教祭祀礼器。啊啊，只怕簋都不认识簋了。

鼎和簋相比，鼎，重，大。话不用多，一言九鼎。

而簋更像是大腹便便的文官。秦公簋一口气念了篇一百多字的铭文。古文字拗口，连续念三十遍始觉典雅。

滔滔不绝的秦公簋缄口不言自己的传奇故事。

秦公簋现藏中国历史博物馆。

（选自《散文诗》2020 年第 6 期上半月刊）

跳崖求生（外一章）

徐成森

为了活着，它们选择了可能的死亡！

悬崖高耸，而它们的翅膀还没有长成。

刚出生的小藤壶鹅颤巍巍地站在高崖的边沿，伸颈向谷底探望。

绝壁如削，深渊百米，向下看一眼就双腿觳觫，小藤壶鹅恐怖万状，踉跄退回。

而它们的父母却站在崖底，呼唤小藤壶鹅果敢地下跳，即使粉身碎骨也在所不惜。

这是何等残忍的指令！

然而悬崖上寸草不生，留恋温暖的窝巢，它们将在饥饿中死去。

只有纵身一跳，才有可能侥幸生还：置之死地而后生！

几经犹豫之后，领头的小藤壶鹅纵身一跃，像一颗石子快速下坠。它一路翻滚，在巉岩上弹跳，在危石上磕碰，终于跌落在崖底的一丛绿草之中。

另一只就没有这样幸运了。稍一犹豫，它起跳无力，沿崖壁快速坠落，重重摔在了谷底的一块青石上，皮开骨裂，鲜血流了一地。

最终，跳崖的小藤壶鹅仅半数幸存。

幸存就是未来，幸存就有希望。

长大后，像父母一样，它们还会把巢筑在高崖之上，来躲避天敌的袭扰和人类的捕猎。当新一代藤壶鹅出生后，它们又将鼓动幼雏勇敢地跳下悬崖，以求得生命的再度延续……

奔逐一生

一生下来我就亢奋不已，活蹦乱跳，一刻不停。长长的吻突不断翕动，想要探寻世上的每一处奥秘。

生命多美好，一出世我就无比快乐！

原野那么广阔，食物那么丰美；还有慈祥的妈妈，和亲爱的兄弟姐妹！

一出生我就到处找吃的，蚂蚱，蝼蛄，蚯蚓，一天到黑，吃个不停。直吃到肚皮滚圆，再也撑不下去了，就想着到处去玩。

让妈妈带领着我们，到山坡上去攀爬，到池塘边去打闹，煽着吻突相互逗乐，还你追我赶练习格斗。

玩累了，就彼此咬着尾巴，连接成一条长链，浩浩荡荡地去寻找更好吃的东西。

什么时候都在吃，什么时候都在玩；每时每刻都在找寻，都在奔逐；怎么也停不下来，要一直蹦跶到生命的终点！

没有时间午休，更没有时间冬眠。怎么吃也吃不够，怎么玩也玩不厌。

生命如此短暂，哪有空闲叹息，哪有空闲慵懒！

我们有一个共同的名字：鼩鼱。我们是哺乳动物的远祖；就是人类，也是从我们这儿发源。

（选自《大沽河》2020年秋季号）

黄河流过石嘴山（外二章）

老　风

真正的名嘴能够咬得住所有的辉煌，然后，它的语言是启示般的缄默。

当地形状如镌刻的嘴，往事里一直昏睡的平凡终将开口说话？

石嘴山屹立在黄河岸边。两侧的山脊被正午的阳光照亮，它们是石嘴山醒目的法令纹，岁月的沧桑在左，生命的荣光在右。石嘴一张，悠悠的黄河水便是我眼前最伟大的舌头。

贺兰山下劳动的人们，请接受柔软深情的吻。

石嘴说过的话要在风中寻觅，声音清脆或者浑浊，需要在黄河的波涛中分辨。羊群攀向山坡，老鹰飞翔在额际，麦田边村庄的炊烟持续地向天空传递人间的消息。它们都是石嘴山语言里的核心要义。

依旧还有许多未及说出的话，它们是一条河源头高处的圣洁，人间未来的语言，冰川终将融化，河水还将流过石嘴山。

想到笋的尖锐

一开始，都需要尖锐。

沉睡多年的土地是桎梏也是共识的营养，尖锐的意思是为了让自己成为应该的模样。

挺身而出，从桎梏中。

未来竹子的根，如同笋的母亲的觉悟。

她放弃自己的出人头地，在黑暗那里要求生长的力量。

后来的竹节像年轻人逐渐强大的骨骼，后来的竹枝和叶片图解着社会的丰富性。

笋的尖锐有一部分输给了斧的锋利，而它们的根仍然在继续努力；躯干的气节有时也不敌普遍的虚无，当竹子的存在过程被比喻为嘴尖皮厚腹中空，画面上的似锦繁花，必有蜂蝶飞舞。

事物开始时的启示由竹子的开始去证明。

漫山遍野的笋和顺应时令的雨，它们写下真正的春天。

贪食者、城府者被有效管理。地面被竹笋创新，尖锐受到鼓励。

人间的形势，风吹竹海，叶片沙沙。

后麦子时代

阳光参与后，还是大片的麦子更为壮观。空气在麦芒上喊痛，麻雀在上方欢呼。麦子熟了，土地可以述职。

毡帽形状的粮仓开始被主人精心维护。

近处和远方的面粉机准备否定每一个麦粒的独立，大家庭似的面粉有着非凡的可塑性。

田野、犁沟、播撒种子的手臂；冬天唯一能够绿的庄稼，八哥鸟欢叫出人间的收成；旱烟、农人的脸及皱纹；

当我试图还原这些，我其实已经是面粉机的同盟。

在后麦子时代，生长的过程被忽略。

面粉是一种食粮，从麦穗上走下的麦粒，它们必须磨碎自己，必须重新彼此热爱，然后必须混合。

（选自《中国作家》2020年第5期）

海的右边

韩嘉川

海在左边，我在右边。

闭上眼睛便有万马奔腾，百万壮士在黑暗里呐喊、奔涌。

亘古的荒凉从海的深处向霓虹灯点亮的城市漫延……

潜伏的海草在骚动，以及马蹄螺与斑纹贝，也在泥沙里吐水伸舌。

这些都不是鱼的愿望，它们在浑然的海水纹理上，分辨潮流的方向；

而礁石上还留有“瓜菜代”时撬开的海蛎壳，那样的海湾不是它们想去的地方。

我在海的北边，深吸一口蓝，便是南。

常春藤攀爬的斑驳墙壁，张开无数只绿色的耳朵，倾听潮涨潮落；

于是，房间里的地板便洇出了海的版图……

无梦的枕上，汹涌着波涛的呼喊。

海岸线将海的姿势，描绘出母性的阴柔；

画梦人笔下的海浪，有达利式的乳房抽屉么？

拉开看看里面，夜的黑度是否深过海洋。

（选自《青岛文学》2020 年第 3 期）

你和我的人间烟火

荣 荣

一

一条蚯蚓被翻出了泥土，于是，它开始了艰难的重返泥土的努力。

起先，它满怀信心，一头扎进土里。它的样子，让我想起一枚准备在物体中缓慢推进的钉子。但它遇到了来自泥土深处的阻力，这阻力对它那么巨大，有一会儿，它瘫回地面上，一条被弹回的皮筋，一个可怜的不再被接纳的弃婴。

正午渐渐热烈起来的阳光，仿佛被用来考验一条蚯蚓的意志。它刚才还显润滑的身子，已变得干涩了。

它必须加倍努力。

它又一次往土里拱去。

也许因为阳光的深入，这块被翻动过的泥土也张开了皮肤，那里，一定会有一个毛孔吧，适合一条被无辜揪出来的蚯蚓，重返它黑暗深处的光亮。我就这样在一边等着。等了小半个时辰，也许是大半个。我知道，我的等待对一条落难中的蚯蚓毫无用处。它只有自我拯救。

二

因为要食人间烟火，所以，人只得将自己当作柴禾，慢慢地烧着。

千万别往大里去啊。就这么几根骨头，你得留着自个儿过冬。

于是，各家烧各家的，各自烧各自的。

有时也互相烛照。细水长流啊，看谁更有耐心？

有时也火光熊熊，你也不用发问：热烈的交流能持续多久？

有时也窃取别人的烟火，暗地里红上一把。嘿，那个深谙此道的家伙，他可不会被欢娱的大火焚毁。

今天，又有谁动了你的烟火？

三

酒瓶倾倒。

在地上，它们每一个都躺出了一个随意的姿势。刚才它们还是谨慎的，它们有满满的话，顶着嗓子眼却说不出来。刚才它们还在寻找倾诉的嘴唇。

这些话现在顶在我的嗓子眼上，那么多！我也想说出来，但没有一只现实的酒瓶能装得下。

我没有醉。我的手指在桌上划开一条河，我听见了夸张的流水声。

（选自《星星·散文诗》2020 年第 10 期）

旅行（外一章）

伊　甸

杰克·伦敦的大海，杜拉斯的港口，海明威的雪山，加西亚·马尔克斯的丛林，沈从文的乡村，萧红的河流……读书和旅行，是两种不同的做梦方式。种种风景，在梦中出现，诱惑着我们，又在梦中消失，给我们留下内心的虚空和燥热。

命运通过旅行向我们显示无限的可能性：迷路，误点，改道，疲倦，兴奋，沮丧，急躁，艳遇，争吵，狂欢，孤独或者不孤独，放弃或者坚持……

然而，终究是一场梦。梦结束时，命运把你送回到既定的轨道上，留下一句不痛不痒的赠言：安分些吧，小子！

爱　情

爱情是一味毒药。如果你不掺水，不掺蜂蜜，不和其他食物做成拼盘，它的毒性足以使你疯狂，使你神志昏乱，你忘记了你是谁，他或者她是谁，你两眼模糊，看不清世界……

幸运的是：多数人服下的这味毒药并不纯正，它多多少少掺了水，掺了人工制作的假蜂蜜，或者和其他食物混杂在一起做成了好看又好吃的拼盘。它的毒性被稀释，甚至在某些时候，它的毒性被稀释得寥寥无几，就好像你从未服下这味毒药，你像一个精明的商人一样清醒、冷静……不过这时候的爱情已经变成了一个没有任何涵义只有轻巧的读音的词，一个像蝴蝶一样飞来飞去的词。

那些端起毒药一饮而尽的人，那些坚决拒绝在毒药中掺水，掺蜂蜜，坚决拒绝把爱情做成拼盘的人——因为稀少而成为人类中的天使或者神。

（选自《星星·散文诗》2020 年第 1 期）

传奇（外一章）

李松璋

无声飞过的鸟儿是天空的精灵。它并没有张开翅膀，而是收紧着浑身的羽毛，像一个灰白的非人世的影子，倏地从我面前掠过。

翅膀是人类看到的假象。飞翔，也许可以是一个意念：我要飞！于是，从高高的树枝或楼檐上纵身一跃，就从一个高度到达了另一个高度。空气是鸟儿自在畅游的水。

天空上的传奇，随时都在上演。

点燃灯火的人

点燃灯火的人，被黑暗包围。

被灯火照亮的人们，用手遮挡着久已陌生的光亮，看不清他忧戚的面容。

世界在微弱的光亮里有了声响，有了秩序，有了纷争与掠夺。

点燃灯火的人，把我拉到一旁，说不出一句话，只是耸着双肩哭泣。

（选自《天山时报》2020 年 9 月 29 日）

云霓之舞

叶　梦

一切都有暗中约定，只是我不知道罢了。

坐在前舱靠窗的座位，缓缓地飞升到万米高空。

啜一口热咖啡，往舷窗外一瞥：如此壮观的云海，恍如无边际的剧场。

始料未及的表演早已经开始。

没有疆界，没有边际，云海的舒展没有穷尽，仿佛可以抵达无所不及的自由之境。

永不停息，时刻在变幻。远处矗立的云璞，像陆地的峰峦，像舞台的背景，构建一个空间的地标，构建视觉上可以无限延展的空中剧场。

云霓之舞开始——

阳光照耀着洁白的云海，生生不息的云团列队漂流前行，仿佛前行的开路仪仗，急急地奔一个方向而去。他们要奔向何方？

看似轻盈飘逸的云海，蕴藏着万马奔腾的力量，云团已经凝聚了无数云朵为海，幻化为巨大的骑兵方阵，烟尘滚滚前赴后继。长风猎猎，吹散他们的队列，倏忽间队列打散又重新聚集，千军万马不回头地往前赶去——

骑兵方阵已经远去。

风来了，风像雕塑家的手，于是就有千万个飞天尾随登场。飘飞的裙裾，飞舞的广袖，袅袅婷婷的舞者，每一个形象都是转瞬即逝，来不及细看，漫天裙裾飘飞让人无法分辨。舞者是癫狂的，一个个如酒神附体。

顷刻间仙女全部退场，细看又是一片不可分辨的云海。

有时候，云海像一个不安分的巨大湖泊，湖底热泉涌动，那些涌动的原初动力来自于何处？

陆地在哪里？这个并不重要。云海编织了巨大厚实的毡毯，严丝密缝地铺在天地之间。隔绝了人世间的烟尘，这样的隔绝让人感觉云海虚构了一个结结实实大地。

云霓之舞在九天。你想九天揽月吗？浪漫主义文学曾经让一个中国长大的孩子曾经无数次遥想的美妙九天。

如今，九天触手可及，然而，你已经不是一个孩子了！

（选自《星星·散文诗》2020 年第 1 期）

二辑
山河锦绣

新诗的香山（外一章）

杨志学

九月香山，天蓝气爽。一片片渐渐变红的树叶，既是独立的风景，也像是一个个符号，对应着人的心境。

这样的季节，适合秋游，也适合对一种叫做新诗的一百岁的事物，做一次百感交集的回望。

是啊，在香山，我们借助一定的高度，回望新诗的出生和成长，潮起与潮落。我们可以静下心来，顺着一些角度，去发现过去未曾发现的秘密，去辨识那一条条河流的来路和走向。

一百年的岁月，有一百年的辉煌；一百年的山河，有一百年的沧桑。一百年的大地上，有多少形体的舞蹈；一百年的天空下，有多少灵魂的飞翔。一百年的沙滩，留下几多清晰或模糊的脚印；一百年的出航与归来，有发现的欢悦，也有丢失的惆怅。

香山，你是否听到我们的诉说？红叶，你是否感受到风雨的无常？

我们不求不切实际的和谐与完满。不再渴求论争，也不再奢望矛盾的解决，只求包容的倾听，得到烦躁中的宁静。

谢冕老先生说，一个也不能少，来见一面也行；吴思敬先生补充道：要开成团结的会，在香山留下温情。

更为重要的，也许是一个个欢愉的过程。是啊，历史不全由偶然构成，即使在偶然中，也会有必然的逻辑，像远方的星——星月朦胧，却是在有规律有节奏地运行；而香山上的树叶，风中沙沙作响，又像是冥冥中的呼应和象征。

香山集结，回望新诗百年天空。回望之后，还要去赶赴新的路程。

此刻，山风阵阵，林木葱笼，像伴奏之乐曲，又像是陪伴的身影。

多少个月亮

有天上的月亮，有水中的月亮。还有个月亮，在你心里。

有现实情境中清晰的月亮，有想象中虚幻的月亮，哪一个更真实呢?

从古代的阴晴圆缺，到今天的月偏食月全食。科学考察，真能说得清月亮的起源和变化吗?

李白的月亮。苏轼的月亮。还有张若虚张九龄王昌龄的月亮。它们都很美，但更辉煌的月亮，一定是与你的期望值高度吻合的月亮。

有大陆的月亮，有海峡对岸的月亮。什么时候，它们又会重合为同一轮欣喜的月亮呢?

（选自《河南日报》2020 年 12 月 9 日）

绿水青山（三章）

阮文生

山在喝水

它柔顺着下来，还没完全到达，就泄露了喝水的姿态。水是生命之源。在太平湖，我常常看到山在喝水。野猪、狗獾、兔、刺猬都在学山的样子。还有牛，长长的背脊，从高处滑下，滑到水里，发出响声。有时候，一条大山麻从草里滑下。它太光滑了，日光在它的身上，划出一团油光水滑的禁区。止不住自己了，干脆在湖里扭成一根大麻花。

白鹭飞了。清澈不再一厢情愿。影子，在水里深深浅浅，特别在转弯的时候。我说的转弯是个大概念，就是太阳在天空也转弯了。弯度集中的地方，水是黑的，水在用劲，将一些常规的做法和色彩都背叛了。这么说，有点重了。没办法，这么阔的水面上，我是单薄的。看法和表达，拗不过加起来的变动。连湖边的树，也是和湖站在一块的。

一条翘嘴白，射出湖面。太突然了！一堆波涛碎了，原地打转，在寻找原先的迹痕，那里白光锋利。在铺垫湖中最新的事件。这个时候的湖水应该停住了，不管是从南往北，还是从西向东，都停住了。由于又长又快的银光，脱离了一大截，好多东西空悬了。哗啦一声，波涛又碎了一回。翘嘴白落回去了，心跳加快了流动的湖水。

梅南渡

清波里，白云、寂静、石斑鱼凸现了。流动是大块的，有点令人晕眩。草叶和涟漪推动山峰，起伏的命运在閶江里深深浅浅。来回的时序，说绿就绿，说红就红了，绿肥红瘦，在手里把握，在炭火里热望。村舍和船歌，高扬、低回在梅南渡边。

草地里的石块，将硬度凝固下来。对于水波和尺度，它们留下了态度。平静、沉稳、间隔的节律里，茶担汹涌，地名随之蜿蜒：贵溪、花桥、溶口、双凤，曲牌一样好听啊！有戏的部分多着呢，红茶鼻祖胡元龙就是贵溪的。萎凋、揉捻、发酵、干燥已为手法的经典。茶博馆里的钢铁，失重了。众多的守望里，大颗大颗的汗珠，仍然从额上飘挂下来。一条河找回了河床和它流动的快慢。

一片片的春色，卷曲着、紧靠着，像白天与夜晚之间，一缕黎明泛为鱼肚白。肩头上颤悠的界线，就是这样过来的。所有的醇香都是沉默的。是的，沉默可以爆发，像山峰上的积累。云烟在把大地里的观察轻描淡写。那里还在诉说。假如一定要回头，准会看到河滩上的樟树，密集了好多鸟儿和叶片。细小的情调深绿了岁月。

明亮的能量，冶炼着山峰，冶炼着招牌、目光和茶色。哦，梅南渡的日思夜念，是弯曲的也是清澈的。

新安江

从山的底部摸索过去，尽量不把一些疙瘩弄出响声。石头的位置不动它。有时不一定，新安江好像尝到甜头，不管三七二十一地上升了。

沙滩和江水平起平坐，一起推论天气、渔事和水平。那些小草真要命，泥鳅、石斑鱼、米虾、螃蟹，出不来了。鹅黄的色彩和吟诵搞到一起，潮声渐渐，稠密极了。腰子盆替代了柳叶船，竹篙超过了手势和清晨。

不相信云能扳动花山、问政山、披云峰，虚空里的东西靠不住。从六谷尖、五谷尖、齐云山下来，就是满身棱角和光明。实打实的事情，做得满仓满廪，竹子、木头和茶叶，谁能离得了它的恩泽和分寸。多少年多少代，烛火、赶考和商运，依着它啊，步步为营。

十万大山揉搓出来的溪流和声音，我在描写它。我在担忧我的浅薄、低俗，透彻不了它的震动和透明。

（选自《皖北晨刊》2020 年 12 月 15 日）

一生的潜渡（外一章）

陈惠琼

一生在地球蓝色的版图上，确定轨迹。愿望衍变成功勋的塑像，在大海的一边万古不朽。

一生的饥渴，在广阔里得到养份。迎着第一抹晨曦，从一片海向另一片海，获得吸收。

一生在渡口，跟随渔夫的浆声打捞水中的黎明，倾听动人的鸟语。偶尔，随波逐流。偶尔，逆流而上。

一生不做慌忙的来者，也不做匆匆的过客。把所有的季节在潜移默化中与万物交融。

一生被好奇携着，向往一种旷远的奔腾。

海　痕

乳名穿行于海之际，孩提时渴望与撑竹排者渡向彼岸。记忆像鸭子环绕芦花的地方。成熟后喜欢攀艳丽的浪花，温暖瘦弱的时间。无意偷看男女岩边洗澡的笑靥，亦真亦幻。

蓦然回首，游至层层叠叠的白浪，再望不到村头那枝探出水面的桃花。走得远，横渡的生命有涯无涯。朦胧的海世界有解不开、猜不完的玄奥。走得近，横渡的生命黯然失色。海的世界愈来愈远。

趁早远行，生活不再了无痕迹。

（选自“文艺新世界”公众号 2020 年 11 月 27 日）

初雪。黄河及河西岸（外一章）

成　路

行侣把眼光从舷窗扔出去，让其闭合冥想。

不管不顾的阳光，舔蚀着初雪及雪下的黄河雪下的河西褶皱。

行侣，以飞机掠过的天空为庙，敲碎心中的经文。

肥沃太阳黑子的后背。他邻座妩媚的女子是另一个黑子

我的孤门你何必敲响

母亲生我喊出最后一声阵痛时，父亲便用钢火很好的剪刀，剪断了我的脐带。

父亲是北方小镇上的居民。他一定没有见过放风筝的人儿手捉断线仰望空天的沮丧。可他知道——

把孩子的半截儿脐带和胎衣埋进大地深处，是掩藏，是解开系绊。

昨天，我身上沾着异乡灰尘，向年迈的父亲，讨要埋葬我半截儿脐带和胎衣的大地，可他却说——

你乘坐国际航班的登机牌上不会留下我的指纹，我的孤门你何必敲响。

（选自《星星·散文诗》2020 年第 9 期）

大海，时光不朽的果园（外二章）

黄恩鹏

鸟鸣把天空填满。虎狼把渊壑填满。一个被虚无主义击溃的人，用忧伤把内心装满。大海的躯壳坚硬，灵魂的肉体柔软。时光深邃的远方，朝拜者带着疲惫穿越废墟越过城垣将自己归还给漂泊的舟船。面对大海，我无法说出生命的来历。我无法走出原地而被无尽的征尘覆盖。岩石巨硕，生命脆弱；海浪灼烈，珍珠冰凉。血里的盐，指认籍贯。没有谁能躲避博大吞噬渺小，没有谁能阻挡阔绰淹没狭隘。大海将自己澎湃的一生，交给时光不朽的果园。

蓝

无边的大水吞噬了陡峭的天空。时间的陷阱，淹没了粉饰天下的颂词与诋毁、功德与罪愆。大海以北，云水湍急。大海以南，岛屿游走。众生与盐粒一起沉默。悬浮头顶的雷霆低吼。鸥鸟凌风飞翔，它们披着比狂风还冷的深蓝驰行天下。巨鲲高举旗帜，大海磨洗青铜。浪涛砥砺的脚步，仁慈的神灵趺跏祈祷。冰雪里窖藏着我祖先的果实。它们丰硕的梦想，让冷瑟的心灵不再孤独。历史沉寂，一个无家可归的孩子从远岸出发，寻找往昔的神祇。

大蓝抖动。上帝怜爱的谷壑里饲养着一匹匹天底下最狂野最热血最劲健最勇猛的骏马。

驮盐的船

一粒盐里的海汹涌。天空倾斜。烤烧烈酒的老船工，将一柄金刀插进了翻卷膻腥味儿的牛腿骨。吃了牛腿骨喝了烈酒的汉子才能拉得动大网下海。茫茫沧海，我和我的前世在涛飞云走的大水里寻找族谱。太阳击鼓，船舷摇晃。我把沉重的城堡从身体里移出。我给轻盈的天空插上闪亮的翅膀。我赤身为一团火焰，从铜鼎抠下虎符。我不带咒语，只带纯净的盐粒行走。风吹浪涛，我驾大船漂泊。立于船头的比浪头还高的汉子内心滚动着咆哮千里的雷霆。

（选自《散文诗》2020 年第 1 期上半月刊）

车过哈密（外一章）

亚　楠

夜幕刚刚降临。哈密，一个多么温暖的名字就这样闯入了我的记忆。那一年，我想念远方，想念故乡的荷，是否已经漫过多情的山冈？

可是，西域正是山花烂漫的季节啊。牧草正肥，羊群舒展着筋骨。一只鹰在空中盘旋，等待一场厮杀降临。

狼群逼近了毡房。这草原的幽灵风一般，从山谷涌来，又迅疾消失在大山深处。而古老的草原不相信眼泪，只相信英雄的传说落地生根。

一朵花从枝头滑落

那个夏天，我在草原漫步。微风徐徐，洋溢着花香的空气，就像一坛陈年老酒，在时光深处，把灵魂重新点燃。

阳光依旧热烈，牧草拔节的声音若隐若现。遍地的山花呀，高昂着头颅，在风的伴奏下，跳着精美舞蹈。

而追名逐利的蜂蝶，从这朵花飞向那一朵，忙忙碌碌，把最后的贪婪酿成酒……可惜啊，这纯美的花，只开在春天的草原。

走在山花摇曳的天空下，心中升起一种圣洁之感。哦，这美丽的花瓣，如此热烈而多情，不经意间，也会重新点亮枯萎的人心么？

风无言，一朵花飘飞着从枝头滑落。

（选自《中国作家》2020 年第 5 期）

在邦达草原看牛羊

蒋登科

离开澜沧江的激流，沿峭壁而上，就到了海拔五千米的邦达草原。

没有足够丰富的想象力，肯定想象不到山顶之上居然是一望无涯的草地。

这里是接近蓝天白云的地方，

这里有绿草丰美的沃野，

这是有潺潺流淌的溪流，

这里有明媚的阳光，有夏日和煦的凉风。

成群的牛羊，在草原上悠闲地漫步，一会儿吃着草，一会儿抬头张望，一会儿相互碰碰头，据说那是一种亲热。

它们是自在的，也是自由的。这是属于它们的土地，属于自由生长的生命！

道路也是它们的。

一群牛羊路过公路，一样地不紧不慢，一样地悠闲自在。

这个时候，该停下来的是我们，哪怕你再着急，也只能等待着它们慢慢通过。

这样正好，我们可以坐在笔直的公路中间，以蓝天白云为背景，以苍茫草原为底色，和牛羊来一张亲密的合影。

（选自《剑南文学》2020 年第 1 期）

红河（外一章）

爱　松

“要记住红河谷你的故乡，还有那热爱你的姑娘。”

唯一能把哀牢山系紧的，是这条彩色的飘带；唯一能把云南，从中间一分为二的，是这条滚滚向前的大河，在巍山源头，它是细碎的、不起眼的水流，在越南注入南海之后，它成了浩瀚与渺远的巨洋。

云贵高原的鹰，打探过，哀牢山最深处的秘密；云贵高原的牛，耕犁过，红河两岸的土地，但，只有这里的秘密，被分割成了，千千万万闪光的镜面，只有这些镜面，成为元阳，通往上界的天梯。

每一组丘陵，环拱着盆地；每一个盆地边缘，无数的细流，推动着石头，石头、石头，红河水里的石头，在一个季节，比骏马还要奔跑得快；在另一个季节比骨头还要清白。

阳光把红河之水，运往梯田之上；季风把梯田之水，送到云层之上；云层把红河之水，推到了雷鸣和闪电之间，撞出生命的甘露，甘露、甘露，滋润哀牢山每一寸，干皴欲裂的肌肤。

梯田的堤坝啊，再把哀牢山，光鲜的部位展露，让命运漫漫，回归到红河，成为新的水流，流向滋养万物的归途。

绘 彩

面对梯田，只有黑色，才能召唤庄重的神灵。面对神树，只有黑色，才能虔诚地祭祀。面对自己的族群，只有黑色，让我们忍耐前行。

红河之水，流淌着什么，你可以把手探进去，那里有你，触摸不到的温度。红河之水，激荡着什么，你可以把脚伸进去，那里有你，抵达不了的建筑。红河之水，漂游着什么，你可以把身子放进去，那里有你，一心的归属。红河之水，过滤着什么，你可以把眼睛放进去，那里可以，清洗世界的污垢。

金黄色是有重量的吗？被压低的梯田，是不是它的重量。金黄色是有生命的吗？被收割的稻谷，吃进了哈尼族人的肚。金黄色是梯田的灵魂吗？被清风吹拂的山林，安息着哈尼族人。

绿色的秧苗，栽进了梯田，这生命的青春，在哀牢山遍地扎根。绿色的秧苗，生长在梯田，这生命的火焰，在元阳熊熊燃起。绿色的秧苗，成熟在梯田，这生命的顶点，在细雨下沸腾了。绿色的秧苗，收割在旷野，这生命的轮回，在秋风中召唤着。

蓝天照进了梯田，这明晃晃的倒影，空出了什么？蓝天漂浮着云彩，这慢悠悠的轻盈，将要落下什么？蓝天飞来了白鹇，这吉祥的神鸟，身后尾随着什么？

（选自《诗潮》2020 年第 6 期）

偃师吟

赵克红

一

九月，天高云淡。

时光之手，再次把偃师大地，描绘成丰饶的深黄。

农田沉静，果园做梦。连绵的厂房，铺展开人间新的胜景。

春秋一梦，世事浩荡。历史从不迟疑，振臂一挥间，浩瀚的洛河水一路向东……

二

“日出之初，光必先及”。

站在首阳山上的每一个生命，都身披阳光，寻找到了邙山上最明澈的灵魂。

武王筑城，把一方水土，圈进无边沧桑。采薇而食的先人，在庄稼丰收的季节失踪，又于万民祭祀的庙堂复出。

三

郑人马车腾起的无边尘烟，抵不过一阵清爽的秋风。穿过雄壮的轩辕门，甘醇的葡萄美酒，已经在滑国的最后一件陶器里凝固。唐王朝的王孙贵族，佩剑跨马，指点过盛世繁华。转眼间，千年往事消散在座座土丘和茫茫麦田。

沉默不语的石碑，压定一册册亮晃晃的史书。

四

玄奘合上经卷，眼前乱世已是清静人间。

从灵岩寺到唐僧寺，光阴的影子，在石阶上印成了绿苔。孤寂的风铃声，总也惊不醒颂经殿上鸟雀的缱绻。虔诚的拜佛人，一茬茬带着不言自明的幸福，归隐于陈家村。

五

那些坐进石头的人，也曾在黄土上耕种，炊烟下弹筝，把水泉村的异乡人，弹得热泪盈眶。

那弯白银打造的月亮，也曾挂在3500年前的宫阙之上，一遍遍照亮翡翠玉碗和兽面铜牌，把黄土深处的乡愁，刻上了“二里头”的脸庞。

而万安山下万民安康，口粮满仓，人丁兴旺。河洛儿女的双手，正把更加辽阔、饱满的梦想收入囊中。

（选自《牡丹》2020年第6期）

当　湾

姚　辉

一

要怎样才能患上神以灼热之星设置的梦游症？要怎样，才能成为那个一次次穿越泥土的歌者？

你的祖先还系在门外那棵梨树上。他们嚎亮了六种季节。他们从草丛里摸出半片月影，搁在我的肩头。他们怀揣斑驳的星象，像揣一把稻草经历的灯谜。

我想在乡土上刻写黝黑的神话，或者骨头之痛。雨滴复制的生涯高于神示，高于木凳上的天穹——我想在乡土的缝隙里，塞进一些，另外的风雨……

谁手握澎湃之夜，站成杉树下斑斓的忆念？一条窄路通向梦境，其他的路前往何处？谁，走走停停，被梦的光芒，一次次，推向墙角？

要怎样才能习惯最为漫长的遗忘？村落在身体里，发芽。死去多年的人端坐路口，他指点的方向，浮现你早已熟知的山色——

要怎样才能适应幸福？你从裹满指纹的泥土中走来，有草根的杂症，有泉眼半掩的辽阔——风声遍布的爱憎铮然有声。还要怎样，才能翻过，我们瞩望已久的星空，以及诺言？

二

还乡的人，校对着有些卷角的脸色。

星星预留的锋芒仍须砥砺。你在星光的哪一次闪烁里，跃动？

还乡的人，走乱了生涩的步履。

山川铭记的时辰需要你一一说出。你怎样说出？以什么方式去说？山川放弃的黎明，又堆满了，我们凌乱的足迹。

旧墙。镰刀蘸着露水。桑麻被一页失效的说明书覆盖。趴在风中的鸟，指出，你无法闪避的痛处。

墓碑与香案：院落中的椿树有值得修剪的瘦影，人还是黑眉的样子。谁匆匆流泪？井沿的风，让草再次转绿。

你熟悉的鸟，带来陌生的啼鸣：有一种泥土值得人反复去死！有一种泥土，值得人不懈地，活着——

太阳照耀烛台。

你露出肋骨，太阳，露出黢黑的颧骨。

还乡的人，总会比四月多上一段泥泞的路程。他转过大片丘岭，在身影上做一个记号，然后，在一朵花璀璨的缄默中，默默接近，自己曲折的往昔……

三

一盏灯，亮着，我和你们的骨头被一次次唤醒。一盏灯，修改着多少人耐磨的喜悦。

土地殷红，我将身影搁于风中，闪电贯穿时代——蔷薇爬到高处，记住了我们命定的际遇。

金色水滴从旧檐上滑落。绛紫的爱憎，让麦穗摇曳。我在你坚守的花影里，翻越，大堆凌乱的太阳。

野生的幻梦，依旧有枝条般闪烁的美。河淹没了最初的星空，让我们，忍受住，反反复复的幸福——

我的骨肉被墙影击痛。十年前，你是一种怀想，莽阔；十年后，你在岩石深处飘飞，像诺言之纹，交错，灼热。

而此刻，站在凝望间的人，又将成为谁，饥渴的光阴？

—— 一盏灯，衰老。它的苦痛，没有回音。

（选自《诗刊》2020年第4期上半月刊）

初冬上南山所见（外一章）

宋长玥

一个人在天上，另一个人也在天上。

一个人往西和雪相遇。

另一个人被风吹远。目之所及，他们经过了青海湖，但悲伤的大地繁锦没有谢幕。等他们到达黄河沿，也许能看见一只放生的羊，和十年前我在黄昏中问路的红衣老僧。

那些空他们早已经历。星星打尖的湖泊夜色缥缈，再荒也不为所动。半夜里会有一个人从附近的小镇醉酒归来，路边薄雪泛光，犬吠遥远。那时我不对自己说苦，现在也不再告诉夜行人所有的痛。

两人最终会去哪里？我在漏风的帐篷睡过一夜的珠穆朗玛峰河谷？也许去日喀则黄昏就关闭了木门的寺院？或者在途中走散，为寻找彼此花费一生？

两个人，其实是两片状如人形的白云。

它们飘过南山，高远的阴影投在大地上。

阿尼玛卿雪山下

一个寻找自己的人，心向天空走去。这条通往太阳的路，阿尼玛卿雪山搭好梯子，洁白而高。但不能以飞翔的姿态上升。神看着他，这个大地上孤单的深入者，听见石头念经。

直到黑夜的孩子提着露珠翻过垭口。

直到转经筒下面雪莲梦见寂静的春天。最后，一切归入沉默。疲惫的人间，飞过鹰和几片白云。

只有风，一个人停在冰川石上面。

（选自《散文诗》2020 年第 11 期上半月刊）

秋风过耳

林　莉

白露后，野牵牛花开满篱笆、小路与田埂。蓝色的牵牛花像一个透明的梦，绯红色的犹如一张故人的脸，绛紫色的略带忧郁的眼神。你注视它们，它们会轻轻地告诉你一些秘密。更多时候，它们抿着嘴，什么也不说，只是毫无防备地看着。秋风中，野牵牛花大大方方打开了属于花朵的秘密，绵密、柔软，它们把秋风染得更紫或者更蓝。

一棵秋天的山楂树站立在一所老房子边上，它是属于爱情的，又酸又甜。在夜晚，繁星满天，秋虫唧唧，流水淙淙，都是衬托它的背景。山楂在秋风里窃窃私语，每一句话都饱含情意。它们在秋风中相互靠近，触碰，致意，递给彼此一把火。而有的山楂会被秋风吹落，像那类转身离开的人，不能回头，无法重逢。秋风，慢慢地，把一棵山楂树吹红，吹凉。

秋风没有年轮，也没有历史。苍耳和野牵牛在秋风中活得那么好，结出更多的种子，却没人注意到它们，这也是它们为什么总是活得那么自由自在的缘由。一阵阵秋风吹呵吹，苍耳不慌不忙的，秋风吹不乱它们的身影，它们早在秋风中稳稳扎下了根。

秋风大起来，秋风把收割后的稻田、楮树、河流吹远，旷野中背着一筐红薯的人被秋风吹得更远。两只白鹭在稻草堆、树杈间，在流水的漩涡里飞来飞去，翅膀优美地滑动。那时，世界是安静的，只沉浸于这一小股飞翔所带来的飘渺气流。

秋风吹落一地梧桐叶，黄昏经过，心里有一种说不出的细小感动升腾起来，是忧伤，又不完全是，如即将降临的薄暮，一束光从树缝中漏下来。夕光如幻觉，世界更加地静了，一只黄蜂的嗡嗡声在此刻呈现出纯粹的金黄色。梧桐宽大舒卷的叶子一片片掉落，曾经稠密浩繁的绿荫，现在变成接近泥土的褐黄，一片叶子一片叶子正在回归。

秋风静止在落日的堤坝，湖水趋向迟缓，搭船离开的人回头看一眼，岸边红蓼开满整个大堤。红蓼漫不经心地红着，绚烂天真，像不谙世事的一群孩子，只知道疯长，绽放，不畏惧世间的生老病死与悲欢离合。红蓼红着，一起渡船的人聚过又走散，夕阳涂抹着大地上的一切，为它们戴上落幕前的最后一顶灿灿王冠。秋风中，万物安心秉承自己古老低微的使命，在一次次轮回中，深蕴不可言说的庄严和慈悲。

又一年，秋风把湖水吹皱。

（选自《星星·散文诗》2020 年第 4 期）

黄昏之舞（外二章）

干海兵

在新疆可以看到地平线的绝大多数戈壁，夕阳被一块块乱石割成了不规则的弧形。有时候你觉得骆驼刺在流血，有时候觉得芨芨草受到了重创。

牧羊人在混沌的红和黄中越来越模糊，他的轮廓仿佛蠕动着绒毛，一会儿被地拉下去，一会儿被天提上来。其实这时候天地搅在了一起，像蛋白和蛋黄彼此交融，羊群陷进去了，再响亮的口哨也将它们吹不出来。

小虫子一样的汽车，在一条断成几节的线上昏昏沉沉地奔跑。断成几节的线？也许不能再看成一条了？它扎进乱石，惶恐的灯光四处乱溅。

这时候你感觉到了地平线在上浮，每一块石头和沙砾在看不见的水中动荡不安，钉子样的胡杨先碰到了天空，然后是牧羊人闪烁的烟头，然后是一声碎了的老鹰的鸣叫。

如果此刻你不牢牢压住躁动的座椅，汽车将尝试飞上天空，那些倾斜而下的沾血的蛋壳将糊满车窗。你转过脸去，缩在旁边的同伴长着粟特人灿烂的胡须，你的多余的钥匙叮当作响，像一万颗撞身取暖的昆仑玉。

夜行列车

列车穿过染血的群山，在10月的云贵高原，每一座山都驮着一个受伤的夕阳。玉米地挂在车窗的上面，鸦群挂在玉米地上面，那些呼喊的老树引领着炊烟，从铁轨旁闪身而过。

夜在大把地抛洒着生锈的梦，暗色调的旅途，哐当哐当的铁锤越逼越近。

——那是列车挣扎中的呻吟吗？那是离愁在叩问每一处陌生的土地、每一段破碎的记忆吗？一串似是而非的灯光，在黑的背景上飘摇、颤栗、凋零……

一生要经过多少狭窄的隧道、险绝的峭壁、咆哮的大河，一生要经历多少寂寞的小站、浮华的灯火，要经历多少等待和分别，才能走向没有回程的远方？

是一张单程车票在牵引着列车，夜最终将抹去车外的一切，剪断身后的铁轨，把列车放飞成无线的风筝……在离云只有三尺三的云贵高原，夜行列车带着闪电的寒气逼近星空，那每一个跳动着微弱火焰的窗口，都有一个温暖的故乡。

落　花

落花不必尽快清扫，其天地的灵气适合被夜晚的星光收敛。走过落花的人，低头可以看见时间是有形的，在花瓣上河流总是嘎然而止，留下画地为牢的渍痕。

落花充满隐喻，大多时候它卷曲向透明的内心，但花蕊的闪电又让她发出呼唤，焦灼而激烈。爱花的人一定听到过花在深夜的独语，如杯中滴下的水，在虚空中就映现了一生。

花结不结果，都会沿季节的台阶走向地面。那惊艳而惊险的舞台，最终是空的，红的果黄的果不过是大地的铃铛，风一吹，星星也会摇摇欲坠。

爱花的人可以在下午把一杯茶喝冷，为落花让出所有的道路。

（选自《延河》2020 年第 5 期诗歌特刊）

丰饶的大地（组章）

代红杰

麦种入土之后

麦种刚刚入土。再一次收获，需要用睡眠穿越冬天的雪线。

需要一次春雨后的苏醒、发育。需要半个夏天的闪电和阳光普照。

这是劳动的心脏最温柔的时节。这时候，你依然会看见两三个老人，反剪着双手在田间走动。

和缓的阳光缓缓抚摸着他们的身子，他们的身影缓缓抚摸着即将出芽的土地。

他们不干什么。也没有什么不放心的。他们只是走走，随便走走。

这是一种一目了然，而和城里的客人又一下子难以说清的习惯。

只有一种声音也是静

只有一种声音也是静。比如下雨的晚上，雨的声音。

下雨的晚上，雨的声音半点也不凌乱和嘈杂。天空那么高，雨的经历，仍然干净。

干净的雨，自天而降。鸟儿已经归巢，疲惫的人们已经回家。只有一种声音，雨的声音，雨把屋顶敲成鼓面的声音，雨小心翼翼走过玻璃的声音。没有雨打花瓣的声音，很多花儿还没开，花儿等候今夜的雨。

只有一种声音也是静。谁出门接一盆今夜的雨，谁家的杜鹃明天就会开花。

路过一块玉米地

路过一块玉米地。那青秆上结实的玉米，像一只只落在青枝上的小鸟，瞬间，点亮了我的目光。

在众多的玉米中，这块玉米尤为出色。被我比喻成小鸟的玉米，格外丰硕。它的主人该是多么勤快，我不由得多看它几眼，多致以它一些敬意。

这是谁家的玉米地？它不知道，我多么地爱它！

乡村的月亮

在乡村农历十五、十六的晚上，月亮团栾橘黄。照射大地，光亮踏实、慰目，散发细瓷之光。吉祥佛光。

我时常把蓝天当做丝绸，当做托浮莲花的圣水。

天际寥廓。月亮淡泊，释然。她走过了，走过的地方无痕无形。她帷幔的光影下，万物安谧、恬静。

如果谁感到忧伤，请站在乡村的土地上，举头仰望。

小夜曲

这是秋收后，乡村的夜晚。月光爽朗。

我一人从庄子走出，大口大口呼吸。优秀的月光穿过我的身体，我已深入一片干净的水域。

这是好收成后，乡村的夜晚。村庄静谧如岛。月光泊在树枝，泊在树杈上的捆捆玉米，泊在平房顶上。

劳动者疲惫而舒畅地酣睡。村庄安然如岛。

田野，简洁辽阔。幼小虫子的叫声，也被月光镀亮。

不太远的地方，偶尔传来几声狗吠。那是另外的村庄。月光温柔地联系着它们。

（原载《牛城晚报》2020 年 11 月 26 日）

柴达木风（二章）

解

风继续刮

要认识柴达木，风是最初的记忆。

风以这片荒野王国的统治者自居。它拥有柴达木的一切，时时巡视着属地，所经之处，像虎啸或悲或怒。

风往哪边吹，草往哪边倒。风刮过冷湖，刮过大柴旦，刮过老茫崖，刮过油砂山，刮过油泉子，一直刮到尕斯库勒湖畔。

风刮过所有的井架，刮过所有五颜六色的帐房，刮过帐房里所有的睡铺和写字台，刮过从画报、杂志上剪下的所有人物、山水、花鸟。

清华才子葛泰生，率地质队 101 队挺进柴达木，他们连续几天强行军，奔波疲劳，进入盆地第一个宿营点红柳泉。

是夜黑风不停地刮，帐篷里灯盏点不燃，气温骤然下降，黑洞洞啊，除了风呼呼作响，还是风呼呼作响，仿佛宣布了这个世界的死亡。

漫漫长夜怎样捱过？他们围坐被窝里干瞪着眼，有如黑夜中的狼群，眼光圆溜溜，刺射在夤夜。

许多年轻队员喝了泉水，硫酸镁在黑洞洞中也刮起狂风，漫天飞舞，暴如恶神横行霸道。

在他们身体里，一会儿呼呼作响，一会儿悄无声息。好不容易熬到半夜，许多队员开始拉肚子，又苦又涩，帐篷里抽抽噎噎，向夜空传去哭泣声。

葛泰生心情沉甸甸，怎样才能带好这支队伍，完成上级的任务？

最终，他们得到阿拉尔驻军的帮助，不仅让出一片营地，贾指导员还指引他们跑到若羌，找到了向导木买努斯·沙阿吉老人。

柴达木风，一年一场，从春到冬，石头刮跑，遍草无根。它刮走了青春岁月，刮皱了盆地山峦的额头，刮白了柴达木的乌发，也刮得油田人容颜苍老。

风，与柴达木终身永伴。

戈壁圆月

风是柴达木凄冷孤独的游侠，来去匆匆，飘忽不定。

去往盆地半途，邂逅中秋夜。明月大得吓人，有如漫天水银泻下。白昼的风沙怒吼停止了，大地寂静，空旷。

康世恩率队离开敦煌，一路狂奔，沿着阿尔金山北麓，一口气跑了 400 公里，在无名道班安营扎寨。

皎月特别亮，宿营地显得分外清澈透明，这莫非不是在地球？他们仿佛寝卧月宫中，地铺挨着地铺，身子挤着身子，梦跟着梦，整整齐齐。

异域戈壁滩，晚风奏响一段思乡曲，唤起了游子们无限的惆怅。

每逢佳节倍思亲！不知是谁，反正有人不甘寂寞，挑起了话头。

于是有人抢白，是想老婆了吧？星空万籁俱寂，响起想念的笑声，直至传到星空。

海归的地质师陈贲，在被窝里笑问大家，你们说，此时此刻什么最幸福？

马上有人戏谑道，抱老婆暖被窝最幸福！

陈贲说，没出息，我只想淋上一回热水浴，喝一杯热茶！

那时他们都很年轻，思想活跃，热血沸腾，想到什么就说什么，弥漫着纯真的快乐。戈壁中秋的夜空，回荡着一串又一串干净的笑声。

月光柔和，泻洒在一望无垠的戈壁滩，大漠深处忽起几声狼嚎，又隐约传来边笳，是夜枕月的年轻人思绪乱如麻，不免泫然泪下。

三天后，这群年轻人挺进柴达木盆地。又过了一天，康世恩站在油砂山前宣布，中国石油工业走进新纪元。

（选自《散文诗世界》2020 年第 2 期）

草　香

喻子涵

时有草香，是一大片刚刚洒下的阳光。

机械切割城市时，也切割意念，一直萦绕着草香行走。

在客厅，清脆的断裂声，在绿茵茵的画框里成片成片倒下。泥土和空气沾染夕阳，飘来遥远乡村父亲的侧影。

青藏高原上，一年四季磨响着牦牛、羚牛的咀嚼声；一盘盘来世的草香，像一颗颗棋子镶嵌荒原的窗户，轮换着牧民的晨昏。

在涂染非洲斑马、长颈鹿优雅的身影时，南美洲的貘和中国的熊猫正在草香里温柔地沐浴各自的日子。

伊犁的薰衣草还记忆犹新，那个穿紫色长裙的女孩一直站在栅栏边的小径，手握一株香草回眸微笑。

——母亲一直没有见过这些景象，走在草丛里，让世界莽莽苍苍。

父亲也一样。我告诉他，屈原的许多香草失种了，只留下叹息的离骚。

在贵州，石头里的海百合，只开放两亿万年前的故事；威宁的草，沉在水底成为海。

草香固然无处不在。父亲年过八旬了，我没有告诉他这些琐事。但他说，关于草，我比你知道得多。

从一座公园到另一坝田野，有一阵草香，熟悉的身体的味道。当我从父亲宽广的背上爬下来，拔起那株蒿草，却是一枝玫瑰。

现在想起，草香的行为绝对是一种献身，尽管也是一种反抗。

草香是草的灵魂。当满世界都是草时，它一定会到处找我。

（选自《青岛文学》2020年第10期）

这一条河的怀想

天　涯

运，是一个动词。与流动的水结合，生发无限的生命活力。

古老的河流，自春秋始发，北起北京，南至宁波，一路蜿蜒曲折，在中华大地书写独属于它的辉煌巨著。从一滴水，到无数支流，纵横的水系，四通八达，创造了一个又一个人类文明的奇迹。2700 公里的长度，非一日造就，那里有一代又一代勤劳人民的贡献。一双手，又一双手，他们是夸父、是愚公、是另类的精卫，以人海的力量和智慧，开凿出一条世界之最的中国人工大运河。

隐秘的历史，在悄无声息中改变了前行的方向。

回首，有多少风云已化作沧桑一笑？今天的你我，是否能沿着潜伏的线索，找到最初的那一声号子？截一段封存的记忆，拂开浮尘，大运河，我不是过客，我是离人。

（选自《散文诗》2020 年第 10 期上半月刊）

壶口的冰挂

李建华

水的牙齿，露出了具体的形状。

俯瞰杀气腾腾的样子，倾听漫长而狭窄的咆哮，我就把壶口，读作了虎口。

为见证深度里的力度，有好事者，曾用吊车将一头老牛，像钓饵一样沉下去。只是蘸了一下，黄昏的骨架，就被啃噬得干干净净。

深深隐藏的牙齿，胜过多少庖丁的刀。一旦触及实在的事物，那是怎样的一种恐怖。像一只巨大的漏斗，装入什么，就漏下什么。

但装入生，会漏下死。像一个三十米的跳台，那些鲤鱼去跳龙门，或拜见东海龙王，都是九死一生的噩梦。

像一台罕见的粉碎机，使泥土更细，沙粒更小，摧毁了黄河变清的神话；像深深的绝望啊，让我在如此接近的震撼中退缩。

温顺的水，为什么遇到这样的断层、落差和寒冷，就怒不可遏？为什么到了严冬，才把狰狞的牙齿长得又大又长？

这些牙齿，春风一吹就疏松，而掉落的钝响是在说，每年要更换一次，新的牙齿。

（选自《诗参考》2020年庚子号总第33期）

山之松（外一章）

李俊功

在无数高擎的刚硬枝条中，我看到它和天空如此贴近地说话。白云的叶子飘舞。穿越悠远的高翔之鸟和无际清风。

俯视坚硬山石间柔软恰似欢喜的流水。

我爱着它巨大的襟抱。企图在扩大的景致间探秘。它不愿自我矮化，也不愿盲目拔高，忠实于心的进退自如。

探险凋零的身心：接连不断对于迷雾的破解。

但它仍是不语。

仿佛隐含着如此幽深的悲伤。它的对于除此之外的贫穷自身的忘记。

够了，它登临的高度，往往高于自身。也许，

在此，更在彼，它高度的意义。

刺玫瑰

头依天空，上方的光，亘古的风。在一身乱刺中挣扎：

多少解脱的异动，祈望开放的出头，个性的出彩，都是将之砌进锋芒的全部理由？！如此，尽管如此，仍然保持着不倒的脊梁，以每一朵每一片的层层花叶，给寂寞内心开辟突围的疆场。

事实往往出乎想象，线装的史册，被无数根利刺，刺穿。

发黄的一角残页间，忽然显露不与苟合的狷介者，独自挺立，漠视的冷光，穿透千年，一如锋芒逼视，眼前，

失衡的惊恐人群，顿然错愕。

它含蕴的光阴之香，是故土谔谔直士的啸傲；

摞起来的史册发黄的纸张间，堆集的谀辞，是流传已久锈迹斑斑的谎言。

（选自散文诗集《开封 开封》，
河南文艺出版社 2020 年 5 月版）

古桥（外一章）

夜　鱼

趴伏在桥栏上，杂树生花的两岸，窥得见民间烟火：几件竹篙上的衣服，两竹匾萝卜干，蜿蜒河道边，水色烟光里，几个追逐的孩童。还有，还有我的不安、疼痛，和不敢触及的愿望。

曾经从喧嚷的河埠头，穿长衫的外祖父，拎着沉重的药箱，踏上桥阶，一个趔趄，又迅速恢复站姿，他在河水湍急的腥味里看着我，以一个老中医的犀利，而非外祖父的慈爱。

湿气浓重的旧胶片也许有点走形，但触手老石，隐隐觉出两个时空的某种关联，弯拱得恰到好处，延伸横跨的笃定，类似于祖父们的骄傲。

关于两端风云变幻的沧桑，侵蚀中被迫换下的条石，重新加固时骨骼的嘎吱作响，起点与终点的融汇重叠……

我攫住心头的洪峰，在河水从容的流逝里，叶片般轻软漂浮的身体，紧紧贴向他们的坚硬与稳固。

江水谣

水也是有灵性的，向西再向西，她的心跳渐渐清晰。我有幸见过她原初的模样——

慵懒而坦荡，微微起伏的胸乳上，堆满了白云和星星。可惜在源头时间短暂，不能萃取她全部的秘密。

我的宿命早就固定在烟火浓密的中游，这里是她的一截腰身，被大坝卡着。每天我都能看到。她皮肤上荡开的一波波皱纹和疤痕。她隐忍，从容，依旧沿用源头的老月亮来计算经期，按部就班地养活着一群又一群，一畴又一畴。

只是我感到诡异——

雾霭之沉压得一座桥、一座城都在微微颤动，而她依旧平静地喘息，我还看到一些梦游诗人，像一丛芦苇，在她身旁，卸下口罩，大口大口地呼吸。

（选自《星星·散文诗》2020 年第 11 期）

裸 原

青海行

梁积林

1

白鹿的草唇间，噙着一块落日。必须有一声鹰唳一样的暗语镂刻在空中，我才为你开门。没有马，只有一声马鸣，没有人，只有一声石头和蹄铁相碰的琶音。

雪山的紫光，又一次为时间拉上了帷幕，而贮存时间的恰恰是一口镂有交媾图的陶器。

蹒跚的老阿妈又在喊她女儿的名字了，头顶上簪着月牙的女儿，三十里红柳灯花，三十里山路出嫁。黑河啊，那只嘬水的牦牛眼角里为什么有一丝霜闪？惊喜么，疼痛。小到了一个小小的霜针，大到了这野牛沟一河的涛声。

2

是谁在敲打着西空，是谁在敲打着极地。是谁在敲打着夜夕，是谁在敲打着我身体的木鱼，当当当当这片植满啾啾的息壤。

而每一天都是奇迹，每一天太阳都能从东角升腾。卓尔山顶的那座寂庙啊，原来你也有尘世，你也有瞬间的颤栗。那一束顺檐而过的光，却原来是你为谁穿针引线的禅语。再敲一下吧，我的释迦牟尼，我的吉檀枷。

我已上了冰达坂了，我已到了大冬树垭口了。如镂砉砉的经幡，拍打着空空的蓝空，就像单于，就像吐谷浑，我是我的部落，我是我的神。

雪线下睡着的那头牦牛，弯弯的犄角——昨夜，有谁缓缓穿过的月亮之门。

3

扎沙。老日根。瓦日尕。热水。默勒。哈尔盖。

一群牛和一群羊混在一起穿过公路。赶牛的妇女，绛紫的脸，像盛满了夜的一只碗，匆匆间，还没有来得及倒去，我看见了她红丝的闪电，我看见了她霪雨的宿醉。驮筐里的两个孩子，探头探脑，像两只旱獭缩身于腐殖的土堆，像是刚刚来到这个世界。最是那头雄性十足的黑牛，尽管这是深秋，尽管这是午后，脊顶上却有，一绺挤压的雪峰。也许就是它一直驮着的一个大雪隆冬。也许是渗出它身体的一道光缝。还有狗，还有驴，还有锅碗瓢盆在另一个驮筐里相互撞击如乐器，竖坎侯奏笙歌，倒淌河边迎公主。

4

玛卿岗日呀多么遥远，像是我看见了一个人的唇动却听不见她的原音。那么，一个人的冰河纪是什么呢？一个人的侏罗纪又是什么呢？一个人的沉积岩是什么呢？一个人的钻石岩又是什么呢？我拿着青海湖的放大镜，在裸原，更多的是在我的心中，蜥蜴爬行。

一个康巴汉子像我，我像一个康巴汉子，手持的一柄马鞭，却原来，是世纪初的一道惊雷。

5

金银滩上，一群羱羊。

我想落日，我想放牧，我想一束皮鞭轻轻打在我的身上。

6

落日啊红得让人心碎：一群牛睡在了尕海湖边。一匹马猛然狂奔向草原天堑。一座鄂堡上的经轮转黑了黄昏。一座佛院里传来了暮鼓之声。

还有刚察。还有多巴。还有门源。还有互助。还有丹噶尔。还有哈拉库图。还有日月山。还有恰卜恰。 还有高车。还有仓央嘉措。还有湟水。还有思念。

（选自《星星·散文诗》2020 年第 9 期）

我在大地行走

栾承舟

岳家湖

站在早秋身边，柳枝依依，斜对夕阳。

风展翅，凝神谛听着绮阁秋声。凝视间，月印烟波，已有点儿模糊。

一部青史，化为隐隐青山，悠悠碧水。

枫香林高而茂密；人，与光影氤氲中的古牌坊，一幅站着的，武穆家书。

龙在游。野草与菊，时时都能看见，万物清明。还有，他的词，八千里路云和月啊！

秋，放牧着菊，让它在岸，在宋词中，开出一生中最美的时光。

风不说话，听凭着湖光山色，傲然起伏。

千年波涛渐渐蓬勃，浩荡，直逼人心……

漱玉泉奇遇

仲秋，细雨纷纷，漱玉泉淙淙有声。

撑伞走来的是李家女子，名唤清照，正是豆蔻少女，二八芳华，蓓蕾似的，尚未开足。

此时，有鸫鸟飞过。千佛山上的百岁老僧念了句佛号之后，闭上了眼睛。

古代先贤的诗词歌赋，从头到脚陶冶着她。

而他，混沌不清的少年心思，多愁善感和坚比金石的爱慕，以及她的诗。

她迎着潇潇风雨，从漱玉泉中冒出来，做了他的娇妻。

两颗灵魂交织。

不烟灭，不消失，两情长久，就是意义。

时光，在这一刻停住了脚步！

此时，泉水很美，

时光，也很美！

解州关帝庙

风过银湖，来到九月，春秋丛林。

走进关帝庙，倏忽之间心如鹿撞。

雕梁画栋，许多的殿宇楼阁，皇家规制，黯淡了刀光剑影。

多少风云人物多少历史故事，纡徐而至。

此时，园林式宜人楼阁里，有气节，氤氲着浩气，正在帝国的梦幻中，驱赶着雷雨，猎猎奔驰。

野火之后的老枣树，深根穿透时光，梦一般潜入高枕锦衾之间。

赤兔仍在人心奔突，为断垣残壁的历史，供给着滋养。

今日，在关帝庙，我对他，一个三国志中，浩气与忠义长存的人，忽然间，有了新的认识。

数千年间，在他的心里，有一匹白马，始终奔驰着野性神秘。

（选自《北方文学》2020 年第 11 期）

途中，看见（组章）

庞　白

到林子里去

想起那触摸不到的欢乐，从树木根部蔓延到每一片叶子；溪水流过丛林，吞没了它们的来路；很快，丛林中积压日久的燥热，在寂静中翻腾起来。

还想到小道上畏天知命的枯叶、断枝，按着耐心徘徊的风。

而我要朝着风的方向，穿过尘埃，去林子。我想去探看那些倒下的巨大树木，是否安好。我要由着那些枯枝的指引，去看看沿路返回的一队队蚂蚁，今晚睡在何方。

进入林子之前，我必须顶着漫天灰暗，拐过街角，离开热闹。到了野外，必须正好遇到一匹刚刚撒开蹄子跑向林子的马。而我，必须和那匹马一起，不假思索，纵情奔跑。

跑啊，跑啊，我们要忘记远近高低，忘记山川擦肩而过。

秋林无语

所有树木都不需要再次确认。

它们何其相似。

仿佛合一的树下，鸟儿低头觅食，蚂蚁爬过树皮，杂草四处蔓延……燃烧和寒冷相依相伴，温暖和死亡比肩而立。

这集体无意识的原野，是个人英雄主义的山峰。

无明亮，无黑暗，无邂逅，无错过，无悲悯，无欣喜，无惊讶。

这里瞬息万变，这里千年不动。

所谓天翻地覆，在此山林小道中，等同微风吹过高矮不一的树林，等同一片树叶在微风中随意落下。

等同天高云淡，北雁南飞——

一声声低沉的呼唤，胜过万千马匹惊天嘶鸣！

客栈前的芭蕉树

无数不曾命名的植物，和它一起，植进春天。

而现在已经是盛夏了。它们终于在夏天，用翠绿，在透不过气的炎热中，向全世界陈述生长的尊严——

发芽、茂盛和迎接死亡。

当这些植物按照它们的自由在杂乱世间一一进行时，我的怒放也悄然来临。

我的怒放是南方村野的怒放，是房前屋后稗草、碎米草、鸭舌草、慈姑的怒放，是村后山坡上野海棠、木槿、杜鹃、爬山虎、鸡屎藤、含羞草、过江龙的怒放，是高的、矮的、壮的、瘦的农人和肥瘦不一的牛马的怒放。

夜幕降临，在隆安，我和一棵芭蕉树站在客栈前，我学着它的样子，站进黑土。

（原载《诗潮》2020 年 1 期）

查干湖意象

毅　剑

一

扎鲁特旗后福特勒罕山的一股清泉，漫过千古岁月厚重的跌荡与沉浮，沿一条霍林的河道艰难地跋涉，那穿越戈壁漠海的背影苍茫而悲壮。

如一个人注定没有归宿的前赴，不息地奔流是一条河的宿命。

在东北平原、松嫩平原、科尔沁草原的“三原”重叠处，一条疲倦河流的停足休整，让其从此——丢了姓氏和血性。

一个大水泊、一个大渔泊、一个鸭子泺、一个拜布尔察罕大泊、一个查干泡和旱河的名字……叫响一个又一个时代，也点亮一片水域的悠久、深重、丰厚和辽阔。

蒙语中的查干淖尔是你的名字，也不是你的名字；呈狭长似猪肚的形状是你的样子，也不是你的样子；300 多平方公里的水面是你的世界，也不是你的世界；100 多公里的周长是你的疆域，也不是你的疆域；东西 38 公里与南北 14 公里是你的长度和宽度，也不是你的长度和宽度……

查干湖——霍林河尾闾的一个堰塞湖，穿越漫长深远的历史，历经岁月凝重的沧桑，你用你的澎湃和激荡总不断塑造着自身，你用你的丰厚和博大又日趋完善着自身，你就是你自己——你自身就是一个湖的名字，一个湖的样子，一个湖的世界，一个湖的疆域，一个湖的长度、宽度和深度！

不说丰厚的资源，不说湖水的清澈，也不说冬日冰层的厚重。我要说的查干湖，不是我想象的样子，就如我曾亲亲热热地走近查干湖的样子，也不是查干湖想象的样子，千百年来查干湖的变迁总是被一条曲折的河流操控，昨天的河流和今天的河流是一条河流，又不是同一条河流。

霍林河是属于查干湖的，但我的河流一直就在属于我的宿命里。

我的河流，注定也同样只操控我的一生。

许多年来，我一直就不知道，有多大面积的水域才称得上是一个湖？有多深重的水位和多丰盛的水产才算得上是一个湖？就像我不知道一滴水的重量和一湖水的沉重？不知道那飞溅而出又瞬间跌入万顷波涛不见了的一滴晶莹之水，算不算就经历了一次完整的死亡和新生？

在查干湖，一只小鳞虾它逃命时跳跃的速度和高度，都超过了接近云端的飞鸟；一条滑过千网抵抗过多年严冬冰封的泥鳅，被一条四处游荡的黑鱼，一瞬间捕获并一口吞食。秋风漫过湖岸，那些一眼望不到边的芦苇，它们飞扬的洁白芦花，最终覆盖了漫天的云朵。

日暮黄昏，一条穿越北宋和大辽的芦根，它绵延生长的长度，触及了深处的时间和空间。只是不知道，它静下心来的某个时段，还能不能数得清自己的子孙？早年的早年，它伸展出浓密细长的叶片遮护过的一窝水鸟，它们羽翼丰满展翅飞走后，又想没想到过自己曾经的家园？

那只当年躲过辽帝查干湖“巡幸”弓箭的野鸭，是不是多年后，又失足于金王“渔猎”的餐桌？浓云翻滚，岁月的尘烟深处，元帝王巡幸游乐的渔猎之地，又是不是大清帝垂钓撒网的捕场？

查干湖清波的涌动太透亮，查干湖苇草的根须太顽强，查干湖水鸟的羽毛太丰满，查干湖厚实的泥沙太沉重，查干湖渔猎的时空太深远。查干湖它跨越千年的脚步太激烈，它的每一滴水珠、每一粒沙石、每一块沉泥都活过了我和你终生都无法想象，更无法触及的深度、高度、韧度和强度。

我想，我看到的查干湖的样子，并不是你看到的查干湖的样子，也不是我想象中的查干湖的样子。当然，更不会是查干湖自己喜欢的样子。查干湖走过的岁月太长，查干湖敞开的胸怀太阔，查干湖养育的生灵太多，查干湖有着过多的鲜亮和价值远远超过了我和你，还有查干湖自己的想象。

你看到的属于你的眼睛，我看到的属于我的世界。这些，在查干湖自我的审视中都属于凤毛麟角，不值一提。

查干湖是河成湖，历史上曾是嫩江主河道的一部分。由于地壳运动，气候变迁，河流摆动、淤积等原因，致使嫩江改道，东移至大安台地以东，留下了大安古河道。以湖、泡、江、河及沼泽湿地为主的查干湖，千万年来，一直就有着自己的走姿和轨迹。长风驱赶着高空的白云，两只灰鹤掠过岸边的成吉思汗召和王爷府，一些历史深处的影子便沿着时光的山道走出，影影绰绰。

那一路惊扰的落叶和鱼群凝重而又迅疾地翻转并四散。它们奔逃的每一条路都是属于自己的，也是属于查干湖的，那密密的纵横交错，犹如查干湖数也数不清的掌纹。

那些习惯了跑的，那些习惯了飞的，还有那些习惯了水里游，岸上跳和爬的……在查干湖温暖宽厚的怀抱里，都有着完全属于自己的英姿和世界。

一道细小的波纹就是一条生命的道路，每一条生命的道路又都有着沿途独一无二的风景。

如梭的时光也似一把长刀，利刃一直在日子的深处被风雨打磨，那四处迸溅的碎屑恰似炸开的阳光，在一个时代又一个时代眩目的光芒中，辉映出查干湖的前世和今生。

查干湖的天空是高远的，查干湖的水域是辽阔的，查干湖的积雪是厚实的，查干湖的冰层是沉重的……

雪封四野的深处。

一只小沙百灵隐身在一片无人收割的野大豆丛中，它正在——悄无声息地过冬。

（选自《太阳河》2020 年第 2 卷）

想在安福寺住上几天（外一章）

离　离

我进入过那个寺院，同行的人都各怀心思，只有一两个女的小声说，想在安福寺住上一段时间。我也这么想了，真的。

那天正好下了雨，我们都在一个禅房里，坐着喝茶，听主持说话。进入我的耳朵的声音，慢慢少了，稀疏了。雨中的丝丝清凉透进来，和茶味融在一起。

离开时看见有的禅房门开着，床铺整整齐齐摆着，门口有干干净净的拖鞋，也都那么整整齐齐摆着，仿佛在等我们其中的某一个再回来。

在夏河拉卜楞

我们在牛羊之后来到草原，牧羊人不见了。

我们在夏河的某一小块草地上，遇见经幡，我们在内心里祈祷。

夏河拉卜楞寺，是黄昏里的一口钟。

我们遇见的喇嘛，其中有几个还是孩子。他们目光清澈，他们的耳朵里，只藏着寺里的钟声。

但在夏河拉卜楞，没有爱我的人，看着我合起的双手，和跪过的地方。

（选自《星星·散文诗》2020 年第 6 期）

托拉海胡杨

司　舜

活着一千年不死，死后一千年不倒，倒下一千年不朽。

在托拉海，大片匍匐的胡杨，把绝望揉碎成茫茫沙漠，抛弃给冷寂的死亡。不想成为死化石，只想站成留守者。

虬枝繁衍着深爱；粗犷诠释着倔犟；顽强承载着恩泽；精神演绎着悲壮。

莽莽昆仑，见证着这些美男子的魅力：青黄相接、生生不息。春夏它们是绿色的少年，深秋它们是金色的壮年，冬天它们是红色的暮年。

他们用身躯阻挡沙暴对绿洲的侵袭，组成一条雄伟壮阔的队列。

必须是强烈的紫外线才可以热吻筋骨里的方寸；必须是暴戾的西北风才配得上深扎的根系；必须是万物沉寂的荒原才能体味站立的深意。

胡杨选择这里，早就有着深深的用意。

最为震撼的是：当沙尘暴袭来，它们被摧残得遍体鳞伤时，会用自己的“眼泪”来为自己包扎伤口。

就这一个场景，没有任何秘笈，却可以让人类所有的苦难都变得微不足道，都可以轻易原谅和妥协。

每一棵胡杨，应该都是全人类的经书。在一片很小的胡杨的叶子面前，一望无际的沙漠和戈壁，轻易不敢称其为大。

（选自《格尔木》2020 年第 6 期）

大王树（外一章）

张敏华

就这么枯，枯死了。它还是大，大王树吗？

雨水顺着树皮往下淌，像流逝的时间，没有停顿。

二十多年后，当我再次踏上古道寻访。大王树，见证了我的执着和衰老。

“佑护来自一块块树皮？”一次次人为的肆虐——伤疤，像腰上的蛇疮。

这是西天目山的原始森林，除了雨声，还藏着诡异的空寂——

哦，像我父亲的大王树，曾离我最近，但最终远离。

我习惯在一棵树前弯下腰，显出原形。

蝉

一只蝉趴在树干上，另一只蝉附在树枝下。

它们安静得像两个树疤。

我用拇指和食指轻轻按住树干上的蝉，蝉刺耳地叫了一声。

而附在树枝下的蝉正往上蠕动，我的手指够不着它。

我的食指和拇指轻轻松开蝉，蝉又刺耳地叫了一声，飞走了——

——这是我借助一只蝉，与这个尘世和解的方式。

（选自《星星·散文诗》2020 年第 9 期）

成吉思汗点将台（外一章）

支　禄

寂静，拓展以北的辽阔。

奔腾不息的喀纳斯河，日日夜夜，浪涛声沿着陡峭的石壁不停地攀缘而上！

高处，月，如一把弯弓；雕，也飞回来了。

人，不在。

英雄本色，渲染江山。

豪情如这浪样满沟壑哗啦啦响。

风起，手持一截子红柳木，剑一样，指向苍穹。大喊一声：出发！

天空，一道闪电划过。

顿时，看见埋入沙土的箭簇，拍打掉锈迹斑斑的风雨站起来。

岩面，人的影子大麦一样晃动；万木挺胸出发，一排排如远古的将士，向着更远的北方。

北方，以北。

星星，在风中摇了下来。

溅起淡淡烟尘。

布尔津河

哪儿来的，又到哪儿去？

一个劲儿美丽地流着！

站在布尔津河旁，一个人就是不知道时光在流。

一块上岸的石头，圆鼓嘟嘟的，定是装满了水声。在布尔津，才知道石头像羊群一样，在水里饮食涛声。一朵云背着一道子弯弯的彩虹，湿漉漉地放到水底深处，雷雨过后，又赶紧挂在天上。在布尔津，我发现彩虹住在河水里。

河水提来一盏盏灯，把两岸的葵花地照亮。

朵朵葵花，为更多赶夜路的人照亮。

一个肩膀上挎着绳子的人，匆匆赶路。

然后，盘结起来，悬挂在后院风雨斑驳的墙上，

左看右看，像把拧干的布尔津河悬挂起来，耳朵按上去还听到阵阵水声。

（选自《星星·散文诗》2020 年第 7 期）

流星已让春天受孕（外一章）

王金明

添过油之后，长明灯发出淡淡的蓝烟，经年累月的燃烧，仿佛还在产生新的想法。

如果知道了为什么活着，一切苦难都会变轻，灰烬和黑暗都不是结局，心尖般闪烁的光才是谜底。

落入凡尘的流星已让春天受孕。

他们有的诵经，有的要收割夏天的粮食，还有的取名卓玛或扎西。

高原概括的人生，并不在书卷里呼吸，草尖上传播的诗意，早已被牛羊阐释。

所有藏袍裙裾都在返青，五月跟小马驹一起分娩。

雄鹰把高度含在嘴里，雪杉把深度攥在根部。

阳光慈祥，雅鲁藏布把浩大的恩养，滚滚推向人间。

大河连通我和高原的血脉

在无法静止的临界点，一切沉潜和孕育终将浩荡。入海口那儿，缓缓蠕动肢体的土地，就像黄河刚刚生出的婴儿。

高原母亲在云端祈祷，天空的纯粹被慈悲洗亮，盐碱地里的小枣，遗传了深邃的高原红。

在平原宽广的黄昏里，炊烟移植了桑烟的亲情，顺着一条大河的记忆，我可以从故乡走到天上。

九个古老省区和他们的悲辛，被一条河水缝在一起，我有无法澄清的伤痛，要到最高的源头寻找答案。

风是蓝色的，闪电和雨水都会沿途加入，芦苇的队伍从三角洲启程，一直排列到鄂陵湖和扎陵湖。

施恩不止的冰川隐居尘世深处。

在一群候鸟身后，是我百感交集的心跳。

（选自《天山时报》2020 年 10 月 24 日）

秋红（外一章）

白　琨

今天不说黄。

说一说秋天的槭树、枫树和黄栌，树枝把柿果提成了灯笼。

它们染了指甲和头发，嘴唇涂了红霞，出门之前，镜子里照出一万吨的春天。

这渲染的颜色，仿佛春天用红的方式重返人间，而我们醒来已非少年，身体里的深秋还能不能被全部掏空。

在大山面前，我们不过是被七零八落捡起的旅人。

将和秋红一起推门。

将被告知：若口中含蜜，沿山路险走，十公里外皆是春花。

小快乐

如果快乐可以切成小块，我的女儿，你要不要尝山里的秋天。

山风可以送你去向往的地方。

我的快乐是树上一万朵迭次开放的花，是天那么蓝、海那么远。

也是一小块，就那么甜。比如，看山林把脏兮兮的人间擦得白净，净得透光，轻盈。风吹，和薄薄的树叶一起共鸣。

自然的喧哗充满赞语、纯粹。

你不会知道，这时候的我们，不过是行走的植物。

怀里的人间，也不过路上的落叶。

（选自《散文诗世界》2020 年第 1 期）

森林沉默（外一章）

敬　笃

万物有灵，森林沉默。一切后退的事物，都在结冰的河道上，独自告白。我们崇尚原始的爱情，并在祭台上祷告，被宰杀的驯兽，骷髅啃食野草。

从兴安岭到巴音布鲁克，束在高原的经纬，在民族的图腾中，开始认识一片海。我手里的地图，并没有标注回归线，一处处白桦林正在消失不见，草原如少女般温柔，裹着一层雪的棉被，睡觉。

我从未见过如此沉默的森林，淹没在我的脚步声与呐喊声的交响乐中，我呆呆地凝视即将坠落的太阳，忧郁的金黄色，讲述一个世界曾经的喧嚣。

我或许找不到出口，那些被遗弃野草像我一样漂泊，在高原、在森林、在湖泊，或者在远方没有尽头的未来。

森林沉默，而我小声呓语，疯狂地刷着存在感，而风总是不停地吹。

月光的词语

淡薄的月光，吞噬了夜晚。星星识趣地离别，在时间的呼喊下，树影斑驳。风在说话，悄悄地从耳边掠过，我没我听懂一句，甚至一个汉字，也不清楚。恍惚之间，我感到夜的寒凉。

月光带着词语，在街道的叙事方式中，找寻虚无。而乌鸦飞过，一种令人不适的啼叫，足可唤醒沉睡的人。到别处去，昙花马上就要绽放。

我们即将抵达黎明，空寂的悲伤，在黑色的玫瑰园里逃离。槐树干上的雪，从夜晚得救，洁身自好，或圣洁，那持存的信念，正朝我们走来。

我在夜晚读懂了命运，那些坠落一地的梅花，化作隐喻的月光，是李白的故乡，还是杜甫的忧郁，都不再重要。

（选自《诗潮》2020 年第 11 期）

对一棵树的心语（外一章）

刘俊科

我就站在你的面前，看你一百年的沧桑。一些枯萎的岁月，在你的骨架上已经钙化。百年之前，那个植树的人，是否沿着你的方向，远去他方——而你的方向，是叶子仰望天空，还是根扎向土壤？

一百年之间，有多少闪电披在你的身上，让你结下这厚厚的痂。你犹如此，我何以堪？

这样说，我的心跳感应到你的微笑。我不知道，你一百年的心事有多重，你努力挺拔的姿态，横下来就是一头拓荒的牛，只是你够不到那一片片的白云，这真的成就了你一百年的梦想吗？

我就站在你的面前，站在一百年前。仰面看天空，俯首看大地，你我都在天地间。

默读一座老房子

就以这伫立的方式，承受着时光的穿梭，在月亮和太阳的关照下，一点点变老。

从这里走出去的人，有多少再没有回来？

门里的世界，装下一百年的光阴，是否也装着那些飘逝的灵魂。

一扇扇窗口，是你的眼睛，洞悉着进进出出的人。人怀着心事，而你怀着人。一百年的表情，你保持缄默，坚守或者等待，坚韧或者祈望，你容下了多少嬉笑怒骂，人生悲欢。

太阳照样温暖着东窗西窗，月亮照样躲进前院后院。

岁月里的脚印，随风而去。台阶上的凹痕，留下时光的界面。

老房子是件容器，盛下时间里的记忆，记忆里的故事，故事里的人物，人物里的春夏秋冬……

大门敞开，我们进出有序。像游动的鱼，钻进海底的沉船，又回归到一片汪洋……

（选自《青海湖》2020 年第 6 期）

花（外一章）

萝卜孩儿

云是高天上的沃土。

故乡的十二朵雪花，白蝴蝶一样，栖落墙外一棵梧桐树的主干上。一晃就不见了。

十二朵雪花，扎根年轮！

小时候，我每每抱紧那棵梧桐树的时候，就会听见檐滴声，鸡鸣声，心跳声。

之后，这棵梧桐树做成了窗。

老母亲剪的窗花，朵朵都是雪花的模样……

响　水

车过响水，风响，水不响。

一条穿越平原的水，它响的时候，就有一群孩子相伴；

就有一朵云低下头来，用雨珠在水皮上，开出一个个涟漪。

渗透岁月的水，也渗透时空。

水做的腰带，系着大地的腰身。

天的蓝，在水里，被不断稀释。

沉默的水，怀揣着一群鱼和它们的心跳。

响的水，不叫水，叫水花。

（选自《散文诗世界》2020 年第 1 期）

两湖之上（外一章）

孙万江

天空蔚蓝。

扎陵湖、鄂陵湖飞鸟翱翔。

湖水静谧，寺庙的钟声敲响云海，经幡起舞。

牛头碑，黄河源的基石，是一头奔跑在青藏高原上的倔强、高傲的白牦牛。

牛角顶起高原，牛绒覆盖雪域，牛蹄踩出草原。

一头牦牛徜徉在蓝天白云间。

一部青铜史书，矗立在措日尕则山的顶峰。

过唐古拉山

风雪拽低天空，山峦支起静谧。

冷峻的山口，拉住青海和西藏，握住高原，江河的银色冰川，浪花的玉石冰雕。

唐古拉山，怀中孕育一条苍茫的大河，向东。逶迤达东海。

脚下是严酷的可可西里，藏羚羊奔跑的蹄印。

一刻风雪，一刻艳阳。

走吧，神与山的眼睛里有一个人的影像。

（选自《星星·散文诗》2020 年第 8 期）

狼群（外一章）

王小忠

坐在阳光下，有小孩和他聊天。当他们说起狼群的时候，狼就来了。狼摇动着青稞架，撩动着河水，追赶着牛羊，之后，它停留在我的窗台上，露出尖利的牙齿……

他和小孩坐在阳光下，狼群就给他们带来了鲜活的记忆。

那是一个枯败的草原，他同样遇到一个小孩，一样对狼群充满了仇恨。他们在风中说话，在荒草里说愿望。

后来，那个小孩去了另一片草原，成为勇敢的战士，和狼群搏斗。

后来，他又在另一片草原听到了关于那个小孩的消息，小孩逢人就说，当狼群集体消失的时候，才知道什么是真正的孤独。

小孩天真，很想听更多的狼群的故事，他想，这个小孩注定成不了勇士。牛羊漫过山坡，驻足在河道的时候，河水刚好解冻。春天来了，狼群却隐藏在他心灵深处。

是的，狼群消失了，阳光下成长的少年啊，在红尘，你可千万不能忘记，必须要有两颗心灵去承担明亮与灰暗。

杂货铺

他到了车巴沟，像一个江湖艺人，更像一个武林侠客，不可救药，也异想天开。

就那样，在向阴的小二楼上，他和即将到来的寒冬展开抗击与搏斗。直到现在，他还无法理解自己的愚蠢，赤手空拳挑战深沟里的寒风，身无寸铁挑衅满房间的空荡气流。

没有人知道他的梦有多么宏大，一个艺人和侠客就此成了失意的建筑者。

青山绿水，房屋古朴，作为建筑者，他也感到了失意和落寞，无法将自己从日复一日的空虚中拯救。最初的喜悦沦为忧伤，激情沦为悲叹，权利和职责成了腐朽的刀弓。他只好退隐在小二楼的角落里，守着光阴里无限的寂寥。

怒吼的风像魔鬼迎娶新娘。他不敢出门，只好把塑料罐改成一把夜壶，坐等春和景明的某一天，时间给他一个光荣的身份。

杂货铺就在小二楼对面，它像冬眠苏醒过来的黑熊，开始张大嘴巴。但他必须走进去，买些蜡烛。这么久，他就等杂货铺开门的这一天，他还要改善下生活。苏奴东珠是这个杂货铺的老板，他踏着拖鞋，也像刚醒过来一样，对任何人与事都显得十分厌烦。但他说，有了蜡烛，就会看见各种各样的春天。

那晚，他点燃蜡烛，果然看见了奇花异草。于是，他想要告诫像他一样的艺人和侠客，还有建筑者，不能轻易去冒犯杂货铺老板。

如果没有蜡烛，就找不到春天，找不到春天，就永远被圈在车巴沟，无法衣锦还乡。

（选自《散文诗》2020 年第 6 期上半月刊）

春天，走进桃林（外一章）

夏　寒

桃花，说开就开了。

一些胎记，是种子披着黑暗扶起的孤独。

顺从命运，把自己交给了风雨。

一个开始又一个开始，在她的笑靥里一次次超度，黑暗终将离开。

她的灵魂，与山川对话，与流水交融，却让小夜曲成为抒情。

人间的味道，在一层粉红的密码里偷渡日月。

梦呓醒，流年弄影。

在一条河旁，听河水流动的声音，依桃林而栖，柔肠醉。

桃林深处，放养一片粉红，大地的希望被桃花举起。

月有情，北风的私语沿着一条河道直抵春天，弥补时间的漏洞。

春天，鼓荡起生动。

细雨，情愫呢喃，在我的视线里堆积。

山村小路把炊烟梳理，一曲临风扶红颜，等星星编织宁静。

河流的云烟如梦幻，仿佛那水草的梦牵着我的迷乱。

花，为何缄默不语？

满地残红无奈的微笑，搁浅在隔世烟雨之上，却洇湿了我斑驳的记忆。

微风，轻抚花瓣颤抖，我只能在幻想的伤口长出无限遐思。

搁浅，飘零的影子凝固成永恒。

乌拉盖草原的烙印

草原，你是我的，正如我是你的。

草原上的花是我的，我把他含在嘴里或者去亲吻或者去爱抚，都会留下我的烙印。

把花魂一网打尽。留下烙印的花，会永远属于我。

草原上，绽放的花蕊，发出充满神性的召唤，是烙印寻找的方向。

烙印，是流年吐露的箴言。

花香，弥漫。春潮，掩不住春情。

当草原和我重逢，草原在我的烙印里，又生长一片草。

这一片草，是独有的风景，在动与静之间感受我的爱。

在一条清溪里，收获一浪又一浪的旖旎，再让雨水把大地浇灌。

虽然，我不能寻找源头在哪里，但我的钥匙打开你草原的情怀。

在你的情怀里，种植雄性的浪花，也种植温柔的涟漪。

草，尽情地绿。花，尽情地红，直到把我燃烧。

春潮，紧紧地倚着埋伏的思想，沿着一条小径抵达你的灵魂。

光阴，修成往事。岁月返青，纯净的草不管冬天深成什么模样，面对你的形散神聚，我心上的风云继续深入，正在流过我的血液。

那滚滚的波涛就是我给你的烙印。

（选自《海燕》2020年第8期）

鲁班传说（外一章）

王忠友

您的斧，带我们上路。在风中，在雨里，在传承文明的路上。

将中国工匠的精神，种在齐鲁。

这是继世的光芒啊，遮蔽着，瓦罐相依为命的村落，还有飞翔中的庙宇、阁楼。

胶东半岛，所有的庄稼开始涌动。

一个王姓的村落，在您的手中落地生根。他们在这里男欢女爱，埋葬易逝的过往，对泥土充满感恩，对祖先充满敬畏。

一直供奉着您：百匠祖师。

这是我们不可熄灭的火焰，伟大的灯盏。

落日下的故乡如此绝美，安坐在秋天之上——

斧砍锛削，弥漫着佛光。

真担心，您的斧在我的手中生锈。

那只一直陪伴您的木头鸟，还在逆风而行，顺风而落。是回家，也是去挽救

村村

落落

遮风挡雨的乡愁……

嫦娥奔月

被逼无奈。你飞进月宫。

深不见底的孤独，缺了又圆、圆了又缺。即使你有飞天的本领，天地也不能往返。每个灵魂，注定会遇见同病相怜的另一个。

距离并不遥远。痴情后羿，夜夜为你点灯，驱寒。

一个男人，不动声色。被砍的树，已快枯掉。几朵不怕冷的蝴蝶，停顿在低低的枝上。

三万里冷风，五千年孤月，可曾听见你内心的叹息？

越美丽，越要当心。越来越多的人，埋葬了良心。

一种信仰，在思念里，沉默寡言成一生的弓箭。后羿，呐喊着你的名字，终于射落了九个太阳。

留下一个，身负使命，驱赶着孤独、飘零、困境……

（选自《青海湖》2020 年第 6 期）

走近红安

丁华秋

找一个理由，邀八十个同伴，趁着枫红菊黄的好日子，去红安！

按捺住心里头的震颤，抑制着心里头的狂欢。
儿时的向往，长辈的夙愿，
家族和民族的命运相连。

一代又一代的奉献，外婆一家的根基已断，可是，何上湾！
军工厂的设备被埋在山里。
舅公，何永承！
您染红乡土的血液，还激荡着我的脉管。

我在铜锣的响声里寻找，我看见了您的足迹。
我在起义的烽烟里寻找，我听到了您的呼喊……

可是，纪念丰碑上，没有您的名字，烈士陵园的遗物中，哪是您从家里带走的银元？

我找了又找，问了又问，找不到您的另一半。
她姓黄，脸上有个俏丽的小黑痣，曾背着一个叫黑毛的幼儿，随大部队，在山里钻。
多少年来，无讯无息，听说是去了井冈山。

"兄弟，你怎把儿子也弄丢了？那是何家的一条根呢！"外婆临终前还在盼……

吟诗，演唱，访谈，全是诚挚的祭奠。我来过了，红安！

我心中带着遗憾，鞠躬，敬礼，无比地虔诚，我要走了，红安！离开时，情绪激越饱满。继承，是后辈的责任，“永承”，刻在我们的心间。

亲吻过亲人长眠的泥土，
大步迈出忠烈的摇篮。

我们把满怀的深情留下，留给那光荣的土地。
历史把亘古的骄傲留下，留在千秋万代的记忆里，
留在，浩气长存的家园！

（选自《西陵红枫》2018 年第 1 期）

拜水都江堰

雁南飞

大水汤汤。

千手柏树，指引我们素履以往。水声彻天动地，我千里迢迢的拜会踉踉跄跄。

玉垒山，白云飘飘。永远的水声里，先民吞咽苦难，瞳孔里一片憧憬。火烧、水浇、手凿，人影树影不屈不挠……宝瓶口，在一片原始的呐喊声里壮观降落。一汪莽野，劲悍而下，清亮天地古今。

我的身边，有人一边拍照一边流泪。

伟大需要崇敬灌溉。

请原谅，我没有泪湿衣襟的表达。都江堰的水，翻卷着净凉和澄澈。我自知，我的身上，沾满了世俗的灰尘。

坚实的杩杈、装满鹅卵石的竹笼，横亘在心。美我生活的本真，一览之下让世人唏嘘不止。

鱼嘴巧妙分水。飞沙堰过滤石沙。离堆咬定青山。先人泽被万代的大智，让我的惊叹滔滔奔流，

不舍昼夜……

（选自《核桃源》2020 年第 3 期）

这风景我曾梦中见过

彭云霞

雪山、青松、流沙河……璀璨而澄明——
这样的风景我曾梦中见过。

轻风拂过，花浪翻滚，走进油菜花海，仿佛走进一幅画卷中——
这样的风景我曾梦中见过。

白云悠悠，轻风徐徐，吹起一路紫苏花开，舒徐，静美——
这样的风景我曾梦中见过。

奔流的白色夏塔河，雄奇的木扎尔特冰川，远黛之下，薄雾之中，尽显苍茫俊雅——
这样的风景我曾梦中见过。

阅过草原的万般风情，尤迷恋夏塔之夜。那点点繁星，编织着春梦。风静静地吹，树沙沙地响——那是月光在跳圆舞曲。

（选自《散文诗世界》2020 年第 6 期）

三辑
城市灯火

天使（外一章）

雪　迪

女孩，跳个舞吧

你的姿势里呈现出热带的果园，蜜蜂在你的指尖飞旋。我采集你心里的甜蜜

往日的歌唱充满生活的阴暗。

女孩，跳个舞

爱情的眼睛叫我战栗，像我每天凝视心灵的深渊。我因为“爱”而活得筋疲力尽，在你的宝石里，看见“被爱”的光芒欣喜地发颤。

女孩，舞蹈的女孩

你的双胯是人类的摇篮，放满音乐、花朵、对罪恶一无所知的快乐的白天。

你的纯洁的四肢，是诗行，使我读完它时觉得灵魂阵阵痉挛

女孩，从天堂跑出来的孩子

我的赞美朴素直露，背叛我的誓言。可有几次我能看见这么纯粹的美的事物？

有几次，我能这样无心挑选词汇，远离轻蔑；把生命巨大的喜悦，向折磨我的

人类，献出。

它要求我们安静些

给圣·琼·佩斯的《棕榈树》

我读着你的字，那些美丽的花朵。我的想象成为巨大的苗圃，你的灵魂出入

那些叶子，流淌绿色阳光的水。少女丰腴的手臂插入你的赞叹之中。听见牛群

在每一行空白处鸣叫

那些棕榈树啊！在异乡的情调中把根舒适地展开。每一个壮健的男子吹着横笛，坐在密集的叶片之间，在曲调的转变中感觉温暖的思考之水浸透脚足……

圣·琼·佩斯！抬起没有阴影遮盖的细长的眼帘。一群丰满的叫做“时间”的姑娘

走向你目光无法到达的地方。于是，你拍击父亲纯洁的愿望歌唱浑厚的天空，歌唱阳光中寂静的棕榈树！让每个嚼着你的文字清香的人，在睡意来临前

看见在模糊的历史后面

那条通往天堂的路。

（选自《散文诗》2020 年第 2 期上半月刊）

坐灯下（外二章）

刘　川

无所事事，坐灯下。15W 的小灯，也无所事事，用一圈光亮，像老大一样，罩着我。

翻开一本旧书。书名在此：《三言二拍》。无所用心地翻看该书三部中的一部。

如果老师让交读后感，我将以数学公式书之：

三言二拍 = 明代的故事会 + 知音 + 十日谈。或者，三言二拍 = 社会 + 人性。

当我倦了，灭灯，去睡，就像该书的作者，早已躺在黑暗中的冯梦龙。而书中的文字，灯光一样，老大一样，还罩着我，让我觉得，自己是有组织的人。

坚持的孤鸟

洗好了。把袜子挂在风口——当然用夹子。把一双袜子挂在风口——当然用一个夹子夹住。

可是，我看到，一对翅膀，在飞飞飞飞飞飞。风越大，这只鸟越飞。风越大，这只鸟越勇敢。它感动了我，坐起来，想哭。端一杯茶，泪掉到茶里。

第二天，穿上袜子上班，回头我又看了一眼：

天空中没有翅膀的痕迹，而我的袜子已飞过。人世间中没有翅膀的痕迹，而我的袜子已在浩浩猛风中，飞过了一个长宵。

砖

工地无人，顺手捡了一块砖。按照孔乙己先生“读书人的事，窃书不能算偷”的理论，我只要找一个合理的借口，拿这块砖，就不能算偷了。于是，我拎着沉甸甸的家伙，一路寻找这个堂而皇之的借口。

比如，我困了，需要枕头，拿砖能算偷么？我累了，需要板凳，拿砖能算偷么？我怒了，需要拍人，拿砖能算偷么？我悔悟了，也可以把砖送去修塔，是的，对于一个修行者，拿砖能算偷么？

于是，无所事事的我，大摇大摆，拎着它，沿途率意而行。

当我拎砖而来，人群也仿佛理解了我给自己的几个正当理由，他们呼啦啦避开，竟然给我开出一条宽宽的大路。

（选自《中国作家》2020 年第 5 期）

郑州偏南　打开的翅膀

郝子奇

1

几千年前，那个站在城头的人，一定看见了大鸟展开的翅膀。

城墙再高，仍在翅膀之下，城头的人，望不到大鸟要去的远方。

远方，是遥远的。没有翅膀的人，只能站在城头，远望。

2

远望的人，一定闻到了枣花的芳香。蜜蜂正在辨认着花朵。

春天拔高了生长的事物。田野里的人，穿着蚕丝织出的衣裳，正在辨认着禾苗和杂草。他们知道，那一棵禾苗会结出更大的谷穗，必须在来年把它们埋进泥土。这个秘密已经公开，知道的人都露着勤劳的微笑。

3

万物蓬勃。站在城头的人，看到了翅膀印在大地的掌印。

翅膀在暗示着未来。

打开城门的人，领着族人寻找着掌印上的国家。

他们骑着虎豹的时候，所有的敌人，都在退逃。

他们找到文字的时候，每个人的心里都烙上了印记。

他们用竹竿或者用泥土烧成的陶器，吹出了和群兽不一样的声音，大地都安静下来，让声音在草尖上颤抖。

他们找到了可以控制疼痛的植物，用它们止住了伤口的血。

他们在没有河流的土地上，打井，看到水在井里长高，碰到干渴的嘴唇。

他们把火烧旺，溶化岩石里的铜，按照自己的意志，成为鼎，成为不可熔化的尊严。

他们远离了郑州偏南的地方，在翅膀下奔跑，以飞的状态，落在高高的泰山，整个黄色的土地在山下展开，黄色弥漫，给整个民族终身的皮肤。

他们看到了天穹上降临的万匹金锻，大地被天空落下的光点燃，天地一色，龙支撑起飞的风暴，让那个打开城门带着大家远行的人，起飞到更远的地方。

几千年，那条会飞的龙一直没有落下。

4

现在。枣树还在。依恋枣花的蜜蜂还在。

蓬勃的庄稼到了远方，想念庄稼的人还在。他们在流水线上，正像拔掉一棵杂草一样，拿掉一件不合格的产品。

那个骑在龙背上的祖先呢？我是举着他的梦想行走的人。现在，站在他曾经打开城门的地方。

岁月掩埋了城。高高的城墙被历史摁进了泥土。留下的那截泥土上，我拨开杂草，已无法找到那双坚实的脚印。

5

现在。除了那截土墙，在流失着历史的血肉，所有的事物都长着现代的羽毛。

呼啸而过的高铁，挟着速度的风暴，在跑。

流水线上的传输带，旋转，旋转，放下锄头的人们，正在贴着最后的标签。

失去的村庄，长出楼的树林。高高的楼上，白胡子的老人，找不到千年前的古槐。楼前的广场上，跳舞的人，被现代节奏所沦陷。鼓点响起，万家灯火，正依次点亮每一层楼窗。

长长的跑道上，长着钢铁翅膀的大鸟起起落落。它们的翅膀打开。南太平洋上，露出水面的鲸鱼受到了惊吓，吹出了高高的水注。无边的荒漠中，一台又一台的磕头机，伸着钢铁的手臂，正提出乌黑的油，装进翅膀下的管道。地中海岸的花朵开着，披散着金色长发的姑娘，正在仰望着翅膀上落日的光。乞力马扎罗山的雪亮着不肯融化的白，此刻，正被翅膀的影子按出黑黑的花朵。

更多的翅膀正在回旋。长长的列车，拉响汽笛的时候，郑州偏南，已装好了新的货物，就要向整个世界出发。

6

现在的冬天已经不能让万物萧条。我站在先人出发的门口，旁边的菊花还在开着。

天穹高远。来来往往的翅膀，正从远方飞来，或飞向远方。

几千年前，那个望到大鸟翅膀的人，在这里，他一定想到了飞，他的子孙一直在想着飞。

我是他的子孙。我看到了这样的翅膀，这样的飞。在郑州偏南，许多的大鸟正在汇聚，正在打开翅膀，正在飞。

（选自《青岛文学》2020 年第 9 期）

音乐之手（外一章）

语　伞

孩子在弹莫扎特。

剧情迎来四重唱。

闭上双眼，听力控制了全身。使用任何一个音域说话，此时亦是僭越。

惟有钢琴的巨型喉管，才能说出人类命运的无形与悲喜。声部交错穿行，那缓慢、急促、纵跃的旋律颗粒，在拯救所有被爱恨遮蔽的心。

曲调的起伏和停顿，使音符以各种姿势，分别住进墙壁的细小裂缝、天花板的转角、棉质沙发的凹陷纹理，以及房间的每一缕气体混合物。

难以捕捉，这些轻与重的音色触须，正在解码感官，将歌剧中危险的雨夜，置换成了一幅绮丽的幻象。

悲喜俱无。

一个城市的下午，突出涌出山水、草木、鸟群、星辰的长队……仅仅在音乐的国度里流动、飘移，花体、藤蔓、石头、翅膀、光的仪仗，云雾一样漫过来，与错落有致的高耸的楼群推心置腹，在共同建造新的生活秩序。

你无法相信这是真的。时间重构了空间。

音乐指尖飞沙，耳朵像大大的沙漏。

未来的某天清晨

突然醒来如新的梦境。曙色插入——

窗外第七声鸟鸣之后的宁静。

拉开窗帘，振翅飞来的雾气拥有生命的形状。一滴露珠悬挂在仙人掌的刺尖，尚未过完短暂的一生。

如果使劲把身体向左倾斜，偏离美学的最佳角度，你会发现，一阵风与几片古怪的枯叶正在玻璃窗角扑打成一团。

所有的衰老都用童年笑出漩涡。

然后，时间磨亮一天的锋刃，你走在城市的街道上，如坐着高速火车奔驰在旷野里，十字路口像连绵起伏的山峦，你来不及观察和选择赞美。

“我一天最喜欢的时辰，是没人找得到我的时辰。”*

你不由自主地停下来，被接踵而来的脚步簇拥、追赶、超越。每一个方向，都快速旋转着，像重新回到了母亲的子宫，却已失去全部记忆。恍惚中，人群里伸来无数手和礼物。

你想接住那飘荡的一缕。你也被迫接住了闪电不断制造的石头。

每一天都是这样。一切熟悉如镜中所见，陌生如镜中——你转身又不经意的一次回头。

未来仍需你去叫醒——声音，请各自加密。

* 引自李立扬《我最喜欢的国度》。

（选自《西部》2020 年第 5 期）

落叶收集者（外一章）

池凌云

每一片叶子里都有一只眼睛。每一缕风里都有灯盏与楼房的凸角。

每一片叶子里都有缓缓散发的热。每一次离散都有无声的折磨与苦涩。

一片叶子就是一座森林，假如我爱。但是我无法像一只鸟那样发出呼唤。一只鸟的渴望，从来不被人类理解。我常常注视一只鸟，想起一个老去的女人，像疯魔了一样，用染了植物汁液的手，画出一片片叶子。那叶子在空中舞得妖娆，像一只只人的眼睛。

我在一条条路上捡叶子，把它们装在不透光的黑袋子里，这样它们就不会枯萎得那么快了。第二年，它在黑袋子里褪尽色彩，那异常美丽的红色与绿色纹理，已变得枯黄而易碎。我退出它的世界，在夜晚哭泣。

无限的天空

我在一片空濛中寻找绿色的茎，从花朵到果实的辛劳和报偿。

我在空无一片中领悟早晨，在鸟儿的叫声中，爱与耐心，一点点消亡。

人啊，你要继续赞美那辛劳，等待那一声让你流泪的鸣啭。伸向高空的枝杈，转向漫游者的指骨。没有另外的道路，只有这曾被羽衣素色的鸟喜爱的天空，在一次次从不停歇的翻涌中，乌云一点点变白。

没有一种家园像我们曾经喜爱的那样，通往彼岸的可爱小径，已藏起了秘密的入口。

人啊，在那条突然变暗的坡道上，你看到了什么？

（选自《星星·散文诗》2020年第9期）

在布满春色的深巷里（外一章）

三色堇

我从不否认，黎明总会在第一声鸟鸣中来临。一阙宋词轻捷地飘落在晨光之上，它坐在河岸边，水的故事就更加动人。这是悲鸣的演奏还是彻夜难眠的长流？那醒着的相逢或别离瞬间刺伤了我的初心。

在布满春色的深巷里，并未有如约的花香，只有时间是真实的。只有发灰的日子如一只沮丧的鸫鸟，蹲在门楣之上，蹲在雷声隆隆的春夜。我陷进自己的深渊里独自发笑，我笑一堆栩栩如生的台词转眼就变成一场聊斋。尘世的物象是那么的苍白，又那么的无力。只有内心的苍凉蔓延得让人措手不及……

愿万物各有所安

一个满怀慈悲的人，在一场战事里强忍泪水。她不会再等姹紫嫣红的往事，不再祈求活着只为词语的旅行。昏暗的天空，厚重的黄土，正待返青的沙柳，擦肩而过的春天，奔赴的信念，爱之后的爱，皆无法平复奥麦斯式的风暴。

切骨的寒意让一首诗卡在了喉结。漫无止境地离别，一场空寂笼罩着更大的空寂。既然光赦免了黑暗，又何必带来清晰的剪影？

在最深的尘世里，我还是相信那一茬一茬的爱，挂着露珠的湿，繁花的香。雾起时依然无法阻止那扑腾的翅膀。即使裂缝里吐出的是摇摆不定的新绿，我还是祝福，愿万物各有所安吧！

（选自《星星·散文诗》2020 年第 3 期）

乡愁里的开封（二章）

许文舟

木板年画

火焰飘忽，像作古的英雄，离开人间的脚步。凡人都有的体态，他们都有。手持长矛，以青山为盾，轻疾的眼神，化作春风。

在一块木板上，点朱，便可以驱凶避邪。红对联引路，诸神还阳，庇护众生。墨是有颜面的水，把黄道洗出吉日，所有的日子都有正反两面。

跃上餐桌的鱼，在一滴水的洇染里放纵。热闹的市井，有冷静的菖蒲和菊花，异兽与神祇。贴在门心，供春风暗渡，良辰进出。从新到旧，撕了再贴。

粗犷的线条，是乡愁的经络，刚好圈起秦琼的怒意。总有赤橙与玄黄，让北宋的民间兴意阑珊。肥阔的刀斧，没针对谁，那身盔甲，锈早就替代了线头。

刀落处，跃出无数桃符，酥松的泥土，遍长仙迹与五谷。开门，一个时代的欲言又止。

汴　绣

在龙袍与朝服身上，功夫很深的针，一针见到北宋迷离眼神。零落的线头，被大风系在歪脖子树上，那是一个朝代奄奄一息的魂。

一根线，让衣袂扬成花朵，裙裾飘为云彩。我喜欢那些放下锄头的女人，能让一根线跑遍皇室与桑梓。线细到肉眼难见，却仍然缠得开封香汗淋漓。开封城不大，翻阅了千年，仍然是我喜欢的那种开本。

走出皇城，绣女们乡间，仍然用线牵引与点缀。那片吸附尘土的汗巾，至少可以提供，夫唱妇随的北宋足本。绣花的人，写诗的人，都可以忆秦娥，暗恋罗敷。

同样是绣针，点到了一个朝代的穴位，才有可以迎着针对泄密的清明上河图。买醉的，打柴的，都不像折柳的。摇扇的，喝茶的，都不比下地的。乌纱与朝靴，有线跟针私奔。

绫锦院是汴绣最高学府，每根线进了皇室，就断了回头的路。

针替下了狼毫，锦绣的江山，堪比时下的毕业论文。十指翻动，风起树梢。

（选自《星星·散文诗》2020 年第 8 期）

办公室哲学（外一章）

风　荷

又带毕业班，新的办公室。

墙上张贴着教师守则，桌上是教材、备课本和教具。一盆绿色植物在固定的体制里。

有条不紊。备课、批改、辅导，写教学心得反思，找孩子们谈心。

偶尔也与同事提及柴米油盐酱醋茶。

在心里栽花，人生才会有芳香。

教学也像一方古老的石磨，慢慢碾，才能闻到香气。不把信念掐掉一截，也不在薪水之外，盘算收入。

想的是如何让唐诗和宋词的意境，在课堂内外延伸。

想的是如何把自身的光芒，投射到春天的心田。

把血液输送，好让他们有策马扬鞭的力量。做一根思考的芦苇，做一株低垂的谷子。孩子们也不例外。每一匹马都是千里马。

星辰在师生的眼睛里有同一个梦想。

办公室的门，为幸福的日子打开，作业本堆砌的桌子构成对理想的另一种表达。

一个夏日的早晨

铃声还没响，二楼的教室已安静下来。端坐在一本书里，那些被勾画出来的关键词，次第亮了。

我认定，也要让孩子们认定。那些将出现在人生试卷中的题型，必须好好练习。比如怎样解决几何的逻辑关系，还有各种相遇问题。

窗外，凌霄开在狭长的木架上，天空蓝得多么新鲜。

万物有序，花努力活出自己喜欢的样子。《夜雨过湖心寺旧址》并不能在每个人心中都是一样的。但熟读与背诵，不仅仅是一种形式，在于潜心领悟。

阳光洒在远处的教堂，近处的屋顶。铃声途经我用心抄写的诗文。幽暗之心，渐渐明亮。

校园的早晨，还有如瀑的鸣叫，像一种遥远的回忆，带来清凉和神秘。

孩子们像小鸟一样欢快，飞进，又飞出教室。

树上摇曳的憧憬，一朵朵饱满。合上课本，深呼吸。夏日，早晨。河流淌着梦境，旗杆挺立着理想。

此时，无声胜有声。

（选自《星星·散文诗》2020年第1期）

天坛公园记事（外一章）

蓝格子

几年前，也是在这样的暮春，我们曾见过一些古柏。但它们远不如天坛公园的古柏历时悠久。遒劲的树干上，墨绿色的细小叶片稠密如时间，而我们，正在时间下疾步行走。

树荫下行走的人都是快乐的吗？他们会有怎样和我们不同的不幸吗？

每个人都有太多话要说，每个人又都无话可说。

这不是罕见的现象，人人都是这样。

我们并排走着，沉默代替了有声交谈。在我们身旁，朱红色石墙上有闪电形状的裂隙，像极了这些日子的争吵。在飘忽不定的想象中，有人渴望修复满树的记忆，有人希望能有一次彻底的崩溃。

但多数人选择树木般固定、安稳的一生。

我们做过最勇敢的事，是以树木的种子播撒在空气里的白色绒毛般随风旅行到另外的地面，有时迷路，有时在空气里径自消失。

后来，没有人再提及结局。

而结局，是一只打翻的空瓶子，等待有人将它扶起。

河西站记事

从北京到河西，隔着的许多小站，都是我们没有到过的地方。

绿皮火车携着轰隆隆的响声从这里经过，仿佛每见一地，我们便从中走过一次。

有时，距离太远；有时，距离太近。事情总是让人既高兴又悲伤，如同旧照片里恍惚的少年和他青涩的脸庞。时隔久远，记忆在此间获得重塑。

灯光在规定的时间熄灭，黑暗从窗外跳进狭长的车厢，内外融为一体，童年和故乡凝聚成一阵明显的颠簸。

翻新的小车站给人以安慰，但很快，又被我们遗忘在身后。平行，或者交叠的，是我们无法说出的地名、睡前祷告。

河西以外，我们谈到天上的星星、绿口琴、一位姓张的摇滚歌手和几部小众电影。这让我想起在某个喧闹的酒局上，你顺势递给我一只牡蛎、莫泊桑，会心一笑。

虚构的情节中，在一座陌生的火车站，秋天和以往有什么不同？

是白露平息了一切吗？

桌上洗过的葡萄粒保持着应有的沉默。

火车继续行进，后来，时间的消逝，我们的心，像火车在午夜的宁静里数着枕木向前，像快刀之于流水，没有道理。

（选自《中国作家》2020 年第 5 期）

巨大的乐器（外二章）

宋烈毅

对面楼上弹琴的人，此刻，我关于他的想象只和他的钢琴有关。我想象这巨大的乐器是如何被吃力地抬到楼上的，而我一旦想象到楼梯，这个弹钢琴的人就立刻悬空了，我在脑海中取消了对面的楼房，或者说整座楼房都变透明了。这个弹钢琴的人以悬空的姿势坐在钢琴前，这和他正在演奏的乐曲无关。我尚不明了我透视楼房的某种心理动机，这也不是我的特异功能，我不明了的，还有这巨大的乐器何以能够在一个人的房间里发出这涓涓细流之音。我知道，相隔不远的是：他娴熟的技艺已经能够表达他丰富的感情，而我在一种专注的走神中得以透视。

自行车

我的自行车停在车库里，它代替我在车库里度过夜晚。我是不可能住在车库里的，所有人都不会，除了那个看守车库的人。只有他知道我的自行车在车库的夜晚里安分或不安分。安分或不安分——这都是我的猜测，我只会在偶然的梦境里来到那个车库，但不见一辆车子。我多次梦见自己学会了骑车子是在少年时，畅快淋漓，那几乎就像是在空中飞行。我还梦见自己就睡在悬崖边，就像一辆车子，悬空了一只车轮。

失过火的厂房

那片失过火的厂房，我又去看了它，在一个下了雪的冬天。它烧焦的一切都被白雪覆盖着，这是和周围其他的楼房不一样的，其他楼房上的雪几乎都融化了。似乎只有它在等待春天。它的残骸和积雪正融为一个整体，在某种情感因素的作用下，这种风景或许是值得观看和欣赏的。

（选自《散文诗》上半月刊2020年第2期）

桃 花

王冷阳

我们的嘴说出真实，我们交换黑暗的词。

——保罗·策兰

1

桃花在三月醒来。一个人将怀念推上枝头，内心每一滴透明的汁液，仿若桃花用日光讲述命运细小的部分。

桃花低语，云雀和月亮在倾听。那被沉默俘虏的人，从虚构的场景里取出她身体里的光与美德，心灵在语言的长廊中逡巡。

春天来了，是否要时间的大钟为内心的城堡再次轰鸣？桃花无法建筑昨夜的雨水和黑暗，无法建筑契约、火与黎明。枝丫伸出浩浩荡荡的诘问，她捧出月色，但我无法用冰凉的诗句敲醒她的秘密。陈旧的拥抱与辛酸的路程在春天化为齑粉，化为生锈的月光，宛若桃花的灵魂在大地穿行。

你可以擦去她的身世，却不能抹杀她的尺寸。她是音乐，但不是音乐本身；拥有爱，但不独占。一瓣瓣桃花在我的叙述中纷纷登场，又黯然撤离，花瓣溅起的灰尘清洗人间伤痛。

2

没有任何事物高过生命，没有任何阴影高过爱情。时间的废墟佩戴着荣光和大地的苍凉。

纯净但不完美的桃花，只要我驻足，她们就扑向我怀中。燕子斜飞，它剪刀似的尾巴将谁的话题岔开？时间的流水潺潺。桃花是天使的羽翼，也是月亮的妹妹。她丰腴的双乳晃动，粉红的面容挡住月亮的去路。云朵落在湖面，如初吻落在夜晚。

炊烟，幸福，爱情，到底哪一样最值得怀念？撇开爱和彻骨的寒冷，一朵桃花仿若一个人成长曲折的进程，要承受多少生命中不能承受之轻？

谁的寂寞落地生根？是谁把红颜读作天涯，在桃花的词根里暗藏了颜料、句法和清音？时间犁铧般开辟肉体。这神的坐骑、音乐的人质，在天空的闪耀中坚守肯定与否定的光，分蘖的姓氏在大地上留下语言的把柄。

月光打碎花瓣，这是神的创意。桃花在一张旧照片中怒放，犹如词语在词典的阴影中鼓掌——桃花概括了整个春天，然后返回纸上。

（选自《散文诗》2020年第7期上半月刊）

与妻书（节选）

何敬君

一

那个清晨不会记在云上，不会记在水上，不会记在地上。
那个清晨天上的云遮不上，江河的水冲不平，地上的土填不满。

淅沥了一夜的秋雨，还在淅沥。
城道省道国道，奔往机场的路蜿蜒如游丝，
在喘息的车灯里若明若暗。

我想，在航班经停的地方，太阳就照耀你了。
那里叫天津，想象中那是一个渡口。

而太阳在阴雨的后面，月亮在地球的后面。
我是在一道岩壑茫然地行走么？行走如停滞。

撞进陡然陌生了的家门——
你头天晚上摘洗的菠菜已经蔫萎，
渐黑渐枯的叶子，将清晨浑成三更。

开着窗的房子：且昏，且大，
且无主……

八

在沉寂的黎明，燃一炷沉香，杳杳地
寻呼你——

女儿发来了孕后第一次胎检视频图：
一个新的生命已然蓬勃，六公分的胚胎如海上朝日。

——我看到了平行的宇宙，看到了你。

我不能窥探上苍的心思。
我只能与一代又一代人一起，
暂时替你活着，在你了断了的人世。

虽然道路仍旧飘忽，没有谁知道它会终于哪里。
虽然我仍旧空寂着，一如旧日。

我努力想看清你的影子会有多长？
我多么想知道，在哪里会收起
我孤独着的我和你的孤独……

我努力想看清你的影子会有多长？
我多么想知道，在哪里会收起
我孤独着的我和你的孤独……

（选自《青岛文学》2020 年第 11 期）

天津，一座大爱之城（外一章）

小　睫

一座城，被一条河蜿蜒贯穿，便拥有了水的风骨。

六百余年，传说渐渐老去，护城墙的砖瓦早已风沙满袖，退去最初的青色，嵌入城市历史的册页。

那个叫朱棣的天子，回眸间走进明朝的烟雨，唯有护城河的流水不腐，于时光中荡漾。

由来，尽管众说纷纭，千年足够用来成长。

从一个村镇码头到现代化大都市，始终沿着心的指向行走。

一些新的命名，如春天枝头上蓬勃的绿。

因漕运兴起的城，质地闪着光。

九河下梢，七十二沽。

有多少条河流，就会生出多少包容，多少纯洁，多少爱恋。

河面上掀起的风总是能吹走往事里的惆怅，吹散天空滴落的叹息。

河水微澜，一边洗涤日子里的尘埃，一边收藏岸上散落的星光。

外滩如诗，浪花用洁白抒写旖旎的诗行。

海河，母亲河

写到你，就会想到母亲，想到温暖。

辽阔，可纳百川。细腻，柔波无限。

在你怀里，我长成女儿的模样。

三千年，《诗经》的音韵生出浩渺的烟波，氤氲一座城的文明，构筑文化的灿烂。

北大关渡口牌楼上的墨迹与你一起渡百年沧桑，追逐光明的路上，前仆后继。

时间挥舞长袖，事物泥沙俱下。

直沽河，大沽河，流淌着你的前生。

咽下曾经沧海的苦涩，走出迷茫。将善良交给人们，清澈留给大地。

沽水流霞。

那些横跨河水的桥知道，漫长崎岖也不能泯灭你心中爱的火焰。

大悲院的钟声响起，每一滴水都生出慈悲。恩泽四野，上善方圆。

站在风的翅膀上，你看。

蝴蝶张开羽翼，花朵捧出芬芳，波澜回到不惊，河水献上碧绿，鱼虾交出肥美。

两岸铺开锦绣的画卷。

（选自《滨海时报》2020 年 1 月 13 日）

老酒醉经年（外一章）

鲁本胜

这盏老酒，像琥珀，像故事中的琼浆玉液，盛开着，花样年华。

再或者，就是梦；

在时光中，赏月，听风。

打开记忆，便能看见，那些呢喃着的小分子，一个个亮着，忽扇着小翅膀，饱满，鲜艳。

一种前所未有的质感，成了心底的温热，与美……

这样的氛围，这样的焦香，在他的世界中，是万籁俱寂，是天地隐秘。

太多的回忆啊，化为今日，

觥筹交错的笑语……

古城门老酒，漫长的岑寂之后，是天地中，青史里，骨子里，

让人心醉的，精神的火焰，

呼啦啦地燃着……

南山大佛

多少年了，总是，慈眉善目，端坐南山。

为善男子，信女子，指点迷津。

风声，雨声，雷声隐隐。青色的枝，蓝色的枝，每一片向善的

叶子，都绿出了青翠。

仰视着你，
心，有一种暖，一种微微的震撼。
似露水，洗亮了万千梦幻……

此时，每一个人的心中，都在滋生一种慈悲，一种暖……

（选自《青海湖》2020 年第 6 期）

疼痛记（外一章）

庞　娟

蜷缩大地的忧郁之蛇，展示缺氧的痉挛。

黑夜的森林，长满失血的语言、缺钙的颤抖、生锈的咳嗽和空洞的反射。

咬着牙关的呕吐，覆盖波浪狂欢的涟漪。

弯曲的呻吟，是狂风中癫狂的抽搐和腹泻，地西泮和蒙脱石散都无计可施。

它沉默，抱紧自身的一团光亮。疼痛抱紧疼痛，唯恐丢失胸腔里的经书、蝴蝶、月光。

蔓延的伤口，上蹿下跳，污浊赶走绿色的善意。灯盏、座椅、扶手、输液架，呈现疾病的形状。

满目狼藉的季节，挂号室满地是翻滚的疼痛。

一支笔，正在天空凿洞，取回光明。

虚空记

哭声挪动痛苦的方向，来自病房还是街道？我宁愿相信，是花园里最灿烂角落卑微的生命。

一朵花，悄然挤出心里的愁苦。对面窗内长发女孩子的笑，仿佛是相反的词。

绿叶在空中治疗声音的凄美，有治愈的执念。

病房的走廊表达着悲悯，天使为蝴蝶缝补深情的翅膀。

没有鸟飞来，也没有鸟的啁啾停驻。

月光弯着腰，扶着人类反复练习走路。

当街道侵占病房，拥挤的头颅高过天花板，噪音从天上纷落。天使顿觉惶恐。灯失去光。

——整个花园，黑如虚假的钻石。

窗内女孩的头发纷落早来的凉秋。哭泣的云朵，迫使自己全身颤抖片刻。

（叶子落得精光的树枝，脑袋混在一起，分发致病源。）

高处的光渐熄；

低处的光正吃力上爬。

黑夜代替女孩闭上巨大的眼皮。

没有谁记得她的名字。

（选自《散文诗》2020 年第 4 期上半月刊）

把时光雕琢成菊花的模样（外一章）

封期任

把时光雕琢成菊花的模样，霜，就降了。

许多念想，即将冰冻。

许多心事，爬上光阴门楣，在一片落叶的疼痛中，把一串雁鸣横吹成孤独的口哨。

驱逐爱人内心的寒栗。

一抹夕阳，斜照村庄。

生涩的水、雾化的山，飘落着自由的温婉而柔韧。

一把蒿草，在低处，用一种白色覆盖另一种白色的方式，开始酝酿一截秋风的晚唱。

唱飘落的唯美，入土的悲壮。

唱婉转低迷的小溪，淌过拨云睹日的荒野，点燃一炉旺火的情趣，羽翅开合之间，撬开生命的本真，思考着灵魂的重量。

思考将尽的秋。一些草叶将羽化的牵挂和思念，翻晒在雨雪霏霏的季节之上。

我守不住山间溪流，流淌的温婉。

守不住爱人，用编织空屋的目光，照见尘世的温差。

我唯一能够这样做，也很想这样做的，就是在这个温差里，守住一层玻璃的透明，把所有的爱挥洒在菊花的花瓣上，拉开冬的帷幕，开出春天的模样。

给爱人，以温暖。

给爱人，以阳光般的爱。

一阕冬辞，写在你必经的路口

谁的泪眼，在流年里飘洒……

谁的风信子，在车前草所化的寒霜中啁啾……

那些飘叶，已落地成诗。

那些情愫，早已扎堆成冢。

时光神龛轻轻一叩，所有的爱，和爱的诗语已洒在爱情的拐角处，与南归的雁一起，用啼叫的血，晕染落寞的冬。

晕染初次邂逅的惊鸿一瞥，在一张素纸上，写一片雪花疗治季节的内伤。

疗治内心的柔软，酿造成一杯热酒，温暖相思的痛楚。

那份情长，已在菊蕊里指认出流失的姓氏。

那缕流溢的香，已氤氲尘世的冷暖。

远方一声浅吟，叩击你的心扉。

我裁剪一缕清风，编织季节的锦袍，把冰冻的灵魂缠裹。

你是否和我一样共同抵御过往的寒冷？

你是否和我一样，一同站在风岔口，把紊乱的思绪梳理？

念念不忘你转身的背影，穿越千年离殇。

邀你一起，在一片霜叶上写下爱。

写下一串爱情的物语，抵过一滴泪落地成冰的亘古。

我不知，这是半生等待的回眸，还是画地为牢的厮守？

只知道，执笔写尽了千山万水，却写不尽爱恋的河山万里。

写不尽你曾经对我的好，断了浮生的离乱和彷徨。

以及，一次又一次的疼爱和宽慰。

我决定，收拾这破碎的红尘，葬了情爱的江山。

最后，倾尽风华，锤炼如梦三千的词语，写一阕冬辞，张贴在你必经的路口……

（选自《青岛文学》2020年第1期）

钻进城市的心脏（外一章）

苏启平

把车径直开进城市的中心。

我的头仰面朝天，张开的双手，一边插进了了物欲横流的街市，一边触摸着清静甜美的灵魂。

月亮是我的理想。没有月影，哪颗星星可以搭载着我沉重的思绪周游宇宙。

我一头钻进城市的心脏，只看到了几粒干瘪的秕谷，稀疏的散落在沟壑密布的心扉。

谁做了城市的硕鼠，偷走了我的稻子与蛙鸣。

密密麻麻的房屋能遮掩我的身躯，却怎么也装不住我泥土的气息。

走了，又回来，我始终走不出乡村低矮的篱笆。

心脏是否也有泪水，因为乡村。

酒吧的霓虹淡了江边的渔火，矗立的高楼隐了古树的孤独。

最终城市吞噬了我的所有。

抓起一把灯光洒向天空，点点滴滴都成了我落寞的泪水。

烟花荡

夜幕，是硕大的舞台。知了，是前奏的鼓手。

人们驻足在炎热的空隙，让喜悦飘荡于仲夏的风。

色彩牵引人的眼神，响声震慑万物的心灵，世界归于凝固。

空中，只有烟花在放肆地表演。炼丹士的火药和蔡伦的纸，在无线数据密布的大地，做了一次完美的结合，写真成一部璀璨的艺术。

消逝的烟花，消逝的生命。想象张网在路人的头脑，流淌着神秘。

硝香，冒着被黑暗吞噬的残忍，执著地在人群中奔走，只为将心中最后一缕欢欣传递。

诗意的人类，煮两杯香醇的美酒。一杯撒在空旷的原野，一杯倒在自己的胸怀。

任由悲怆的眼泪在脸颊流出道道沟壑，记下成功的艰辛与悲壮的心情。

那晚，静寂无声。为了孕育下一个希望，整个宇宙都在思考。

（选自《教师文学》2020年第3期）

钟声簌簌地轻落（外一章）

闫立新

一切归于宁静，许多香樟叶子，

随风去了远方，留下的叶子，轻轻地，很自由。

夜晚，仿佛就该如此，小山总像卧在一首唐诗里，朦胧中，新生的、腐败的、古道里的马，及被季节弹伤的虫，都在暗渡陈仓。

有人把梦藏在一滴鸟鸣里，

有人在村庄的边缘，捆绑柴草，看炊烟流向深邃的夜空。

还有什么不能安静的？

大片的田野和去年迁徙的鸟群，若隐若现，月光走过河对岸时，隐约三两声寺庙的钟声，簌簌地，落在民间烟火中。

声音是凝固的

山巅上，凝固着易碎的静。

如果我出声，这静里便藏有澎湃的海；事实上，我在眺望一片枫叶林，它们手指相扣就要翻过山梁。

我想发出声音，像鹰体内聚集的呼啸，带动整个天空的疯狂；

可我放弃了，

昨日之我是寂静的；明日之我是更深远的沉寂。

今天我只需保留木纹与花序的缄默，只需在这山巅上，远远向天地间，倾斜内心深蓝动荡的海潮。

很多时候，我们在尘世的声音，轻拿、轻放、防潮、易碎。

（选自《大沽河》2020年秋季号）

出租车司机

杨剑文

白天，黑夜，都在以车轮为笔，为城市的指尖描绘着独有的指纹。

一圈。一圈。像是在账本上画下一个圆圈，或者打上一个弯钩。

对每一个上车的陌生人，都给予十分相熟的问候。

一条付费的路途，方向、里程，全由他人掌控指挥。城市的地图在脑中描绘，生活的图谱在方向盘上、车轮上绕行……

起步价、计程器、路码表，抽象成为生活的游标卡尺——虚拟靠近真实，距离靠近目标或远方，量来量去，城市的疆域在一脚油门的尽头延伸，给予出一些生活的哲学：

生活有时会在后视镜之后；

时光无法倒车；

加油抵达的远方，有时在绕着谎言一般的围巾……

夜幕下，出租车是一只钢铁的虫子，寻找着一种叫生活的光或网前行！

叹息。瞌睡。等待陌生人招手的间隙，指间燃烧的香烟，总会把一些东西烫到无法言说……

（选自《延河》2020年第6期诗歌特刊）

屋瓦上的夕阳暗了下来（外一章）

张道发

两只鸟雀驮着两匹晚霞，自村南的杂树林归来，大风从背后吹翻它们的羽毛。两朵会飞的花似乎在唱歌。

屋瓦上的夕阳暗了下来，晃悠在上面的树影一同撤去，腾出的位置恰好让鸟雀栖息。

灰刷白的院墙像覆盖一层薄雪，父亲牵牛从墙根下走过，牛蹄的回声听上去钝钝的，充满心事那样。

刮了一天的大风终于停歇下来，两只鸟雀在烟囱上绕一个弯，一头扎进屋后的小竹林，夜色从竹叶间哗啦啦泛起。

有人竖起衣领拐进长长的村巷，他留下的纸烟味，在狗叫声中许久才散尽。

黄昏来得更早

黄昏来得更早，大月亮半掩在天上的云彩里。一群赤麻鸭从松岗河上来，摇摆着渐肥的身子走回村子，嘎嘎的叫声充满俗世的欢乐。

它们身后的灰白小路上，一溜湿湿的水痕在夕阳下淡去。

两只母羊也走在回村的路上，路边的草籽枯落无声，有那么一两粒草籽蹭在母羊的奶子上，母羊咩咩地叫唤，声口极其绵软。

月光慢慢汪在地上，回村的妇女换上加厚的秋衣，站在树篱旁收晒干的衣裳，她拍打衣上的尘土和草屑，回声闷闷地传了好远。

有人在隔壁的院子里说话，声音忽高忽低，恍如草棵间的虫鸣。扁豆花的香气慢慢游移，蛐蛐在秋凉中钻进屋子，扑面而来的风忽地又凉了一层。

（选自《未来》2020年第5期）

建盏之火（三章）

张　平

开窑：火的凝固

火，不再流动，不再轻，或是重了。火，流逝了吗?

噢，不！火凝于盏器，火，成了固体之火。

那拉纹，火的线条的凝固，不再袅袅，更是袅袅的凝固，袅袅也是一种固体。

火，不再发言，屏息于盏。盏，呼吸成了固体，因此，一樽盏，是一个盛大的仪式，在小小的掌心，都有列队的影子，聚拢一个固体的影子。

窑火：暮色中低飞的鸟

看不见低飞的鸟，暮色压过来，不是急着赶路，断断续续的水声来自体内。

水与火，冷却与升温，暮色下，谁比鸟更揪心，握紧掌心，不能打开，他怕一个空。

低飞的鸟，再曲折山路，就是坯的纹理，彼此融洽。

暮色欲擒故纵，大地若即若离。

看不见低飞的鸟，钻入哪一朵萤火。

低处的窑，以三千度的嗓音在体内发言。

窑火：迷幻

一只鸟的影子聚拢，散开，初冬深层密码，霜花从何而降，枯草进一步萎缩。

聆听故事，讲故事的人从现场消失，聆听的人从现场消失。

我们陷进后井村的由来，带动窑火奔跑。噢，不！是窑火带动我们，带动讲故事的人。聆听故事的人，从四面八方奔跑。

有人滑了一跤，回到现实中，惊呼是这吗？

有人回不过神来，嚼火，惊叫：唉哟！

130.56 米吗？单位仅仅是米吗？噢，不！还不仅仅是窑址，是一个露天的陷阱。

（选自《大沽河》2020 年秋季号）

在南方小镇（三章）

林进挺

感　召

阳光铺泻在大地上，散发出阳光特有的味道。地毯式的光亮，进入你明晰的视线。

这是黄昏时刻的感想，是阅读后未名的心事，是分明渴求的思路，释放一场阳光的情怀。

一种哲学的选择，一种诗歌的描述：开启一场虚有之旅。

万物生息不止，也不是一场春梦，也不是一场模式。

如我的时代，知行并重，感召我奔赴远方的力量。

闻　讯

我听到了流水的声音，漫过凝视的眼眸，带来了雨天的心凉。

讶异的事情固然唐突，更多的是无奈与叹息。

往昔的场景一一掠过：冷风如斯人的音讯；决绝如斯人的行止。

瞬间！坍塌的内部，掩埋了所有的故事。

转身道别，且安好！

休　憩

天气炎热，是避暑的一种理由。但村庄热情，农家热情，庄稼更热情，热烈拥抱土地。

村头榕树下，叨唠几句农事，童年的旋律起伏于河流之上。

有风来，低处大有美好的遐想。

（选自《湛江文学》2020年第4期）

四辑
乡村时光

杏花村散曲（二章）

心　亦

鼓声起

鼓声，在泼墨众生。鹤群怦然心动，集体亮飞，瞬间撑满天地。鼓声骤然，铿锵激烈。

群山涌起旭日的光辉，漫过时间之堤。古柏歪着脖颈，伤痕累累，沧桑了崖壁。远眺的诱惑，已百年、千年，却止于鼻间的一呼一吸。

帆影穿梭来往，书生风发意气。湛蓝，源于灵魂深邃，与思想缜密。鼓声，催走了无数戴盔穿甲的壮士。白昼之翼舒展着辽远。

风雨镂空，彩虹的拱脊圆满，收于叶尖，轻轻晃动的露滴。

群鹤惊啼。寂静处，竟悄然落地笔墨的飞白，融化了缥缈的云霓。祥云蔽天，辉煌，更如白驹过隙。

月色皎洁，乾坤朗逸。万物归隐于轮回的星际。
鼓声在泼墨众生。
落日，每天都在回望身后苍茫的大地。

灯火明

杏花村人影攒动，灯火通明。无数的光晕，努力不朽，交相辉映。

整夜睁大眼睛，依然看不尽，先人、后人，匆匆隐去的背影。

灯火阑珊处，谁能记住这些温馨的叮咛，谁就能走进乡愁枝头，那粒正在吐芽的来生。

（选自《敬亭山文学》2020 年国庆特别版）

遇　见

郭宗忠

出门遇见了微风。

牵牛花紫色的花朵像一个梦的漩涡，你走在微风里，微风也忘了自己出门时打扮一番。

像你一样，素朴的服装，醒来时遇见桑树叶绿色的眼神。

遇见了喜鹊。

喜鹊早早地在大杨树的枝头，叫几声。

远方的喜鹊也跟着叫了起来，像一问一答，像集体报名，像争先恐后地传达一些新鲜的消息。

遇见了自己。

一个人不声不响，你走向了哪里？那是鸡公山的山泉边吗？

泉水的水潭上漂着一个水瓢，你端起满瓢的泉水，大口喝下，透过你心间的泉水，仿佛你也成了山间的一泓潭水。

遇见了不知名的花朵。

你不用叫她的名字，不用费尽心思，想她到底属于花草的哪个名目。她美在自然里，遇到，就是照见心灵美好的你。

你欣赏一朵花，你还没有丧失童年时多愁善感的心。

（选自《大沽河》2020年秋季号）

大雁滩诵

王　琪

但见大雁飞临，缓慢落下，又振翅飞走。

长滩之上，霞光收藏了清晨与暮晚，还收藏了星光、雷电，与无数尘埃。而潮润的风却来去自由，从不刻意挽留什么。

纤夫已去。浣洗的女人们嬉笑，她们或稼穑农事，或传递趣闻，爽朗的笑声传遍空旷的河滩。

而河滩并不寂寞。

孩子们光着脚丫跑来跑去，找寻童年的欢乐；护河林中的鸟鸣一声长一声短地，不时传至耳畔；褪去雾霭的天空，令涂满光晕的远山愈加清晰；动人的山歌随水流从远处逶迤而来，飘向秋天以远……

这是人间的十月，南方的十月，没有凉意漫过。

满目的沙滩绵软、细碎，鹅卵石星罗棋布，白白净净，有大有小，而大雁落过之处，仍有一丛丛芦苇荡摇曳着，像张望着什么，又像无声地呼喊着什么。

恰似常年厮守于大雁滩的勤俭善良的人们，世世代代，从不愿离开这里半步。

（选自《诗潮》2020 年第 5 期）

脚尧村：清雅的茶

宋晓杰

草木之间，你是至上的智者和神明。无须多言，却已说出许多。

树碑立传的，皆已烟消云散；能言善辩的，早已不知所终。唯有你，在云之巅、峰之峦，吸日月之精华、融天地之灵秀，完善与成就，持久而绵延。

你俯下腰身，倾听。人间的疾苦寒暖，便有了倾诉的可能。柴米油盐酱醋茶。风霜雪月花鸟鱼。你是河水之源，你也是生活之本。越洞庭，入长江，你使山水之间的亲人，从清溪入汪洋，从脚下通往远方。

在贵州，在黔东南，在雷公山北麓：云雾。雨露。松涛。阳光。梯田。茶园。石阶。板桥。哪一种不是圣洁之物，哪一处不是清凉的道场？

挑担茶叶上北京。不是民歌，不是传说，不是神话。那正是你真实的日子，平凡的日常。

“茶。香叶，嫩芽。慕诗客，爱僧家。碾雕白玉，罗织红纱。铫煎黄蕊色，碗转麴尘花。邀陪明月，晨前命对朝霞。洗尽古今人不倦，将知醉后岂堪夸。”我愿永远在你的淡然里安歇，永远在你的安谧里做梦。

走得太远、看得太多，我已经累了，迫切需要放空。像树一样，停一停，笑对风雨；像茶一样，静一静，舒展腰身……

我做不到折耳根的腥、魔芋的疯、芹菜的苦，那么，就做一芽茶苞吧。让我在你的清雅与曼幻里：伸展，缅想，感念，疗伤。让我歇一歇，再出发……

也许，在俗世中沉浸太久，我的粗糙和浅陋，配不上你的洁尘。但是我相信，你的素雅与清幽是不刺眼的灯，途经的人一定会因你而妥帖心灵，面露笑容。

忽晴忽雨，忽聚忽散，一如人生。但我们，已彼此确认。

人已远，茶未凉。

我要坐一辆绿皮列车，去看你！看不同方向的你，看你的不同方向。看雷公山的云雾怎么润泽着你；看光阴的流水怎样重塑了你。

一场夜雨，洗尽铅华。一杯淡茶，缘定今生。我悄悄默念着："待到春风二三月，石垆敲火试新茶。"

时节的路已经铺好，秋天正在后撤。我偶尔归，正如我时常来……

（选自《青岛文学》2020年第2期）

山中日记

雷　霆

小时候，和父亲进山砍柴或者挖药材，不知不觉就到达了天门关山巅。站在山顶，看山下的村庄，小小的，像整洁的棋盘。官道梁窄窄的，却又有好多条沟壑。溪水亮亮的，想流向哪里就流向哪里。街上的人影很小，缓慢移动着身板。有时候村庄像一幅素描画，连炊烟也蓝得干净，像母亲浆洗的头巾。雨后的八月，错落有致的梯田，庄稼长得很旺。站在山顶，整个村庄就像童话一样安静，美丽，与世隔绝。

五十岁那年秋天，得空翻越天门关，备足干粮和水，一根六道木当拐杖。半前晌出发，心想两个多小时就爬到山顶。沿着记忆中的山路走走歇歇，明显感觉体力跟不上来。爬到半山腰时，已近中午，实在走不动了，就坐在石头上。来时的路，已被秋草覆盖，真的看不出小时候常走的是哪条？如今，山柴茂密，无人砍伐，草药混杂于灌木丛，鸟儿的叫声，清脆得让我心慌。原计划爬到山顶，只好半途返回。

后来一想，如果爬上山顶，又能看见什么？穿越村庄的高速公路，棋盘一样整齐的工业园区，走散的溪水，采石场的烟筒，彩钢瓦的屋顶……重新打量故乡时，我已中年。这样想着，似乎找到了半途返回的理由，也就原谅了自己。

（选自《星星·散文诗》2020 年第 5 期）

萱草的主题思想（外一章）

香　奴

这是一场关于百合科的误会，童年的夏天，山丹丹被大人们称呼为红花子；而台湾的诗人把黄花子尊称为“萱草”。

而我从今天清晨的牧场捧回来的是野百合。野百合火红，春天的余韵十足，这是季节交替之间，不想退场的歌者，草木一秋，谁没有过不甘心的等候？

除了不分季节的雏菊，来者，还能是谁？

苦菜花昼夜不停地复述内心的滋味，并用小伞传播四方，其实这也是萱草的主题思想，只是她们早早就隐于蒿草之中。

退出现场。缤纷和翠绿，鸟鸣和蝶影，都让给追逐的人群。

再没有人看到我，黄色的花朵，芬芳的表达。

都回归于默默无闻，小草的境界。我不再承受赞美的利箭，热爱的煎熬，我必须闪电一般走完春天。

请你们原谅我，故乡和母亲。

索伦湖上空的云

一朵云，容易被天空宠溺得，失去方向感，飘忽不定；变幻万千。

而众多的云，则会上演喧宾夺主，甚至嚣张到挡住阳光的退路，布置了天马行空。

我更愿意看，两朵云，一朵顺风一朵逆风，在无垠的时空里不期而遇，擦肩而过，命运之中随风而去。

没有电闪雷鸣的必要，甚至不必说出水淋淋的语言。

有的云，用有限的白色，报答了广袤的蓝；有的云，仅仅是不动声色地路过。

（选自《兴安文学》2020 年第 3 期）

金城谣（外一章）

牧　风

你的名字就是一只五彩的蝶，舒展地落在我的心上。

远望北面的白塔山，你就是一抹生命的亮光，一片古朴的高地，随年轮茕茕孑立。

灵魂之下，命运之上。岁月锻造的古城，透出黄金的背影，身段比年轮还长。

在春天的鲜活里灿烂的古城，在月光下泛出晶莹的光芒。被岁月吹动的水车，隐藏在暮春的歌板上宁静地浅唱。

落坐在金城的心脏，蜇居的鸟虫和晨练的心跳一起鼓羽同鸣。

我是你最虔诚的子民，陪伴你一起迈进初春的轻柔，一起倾听生命之轮轰鸣而去。

我是你骨髓里不可或缺的部分，时时闪烁在五泉的晨钟暮鼓里。

顶礼膜拜你神奇的千年故事，手捧你亮丽不朽的名字，我的心颤栗不已。

与你共眠，枕着黄河封冻的夜歌。

春鸟啼鸣，我们相约在梨花飞动的四月，用深情的眸子接纳你苍凉的荣光。

今夜，我把你供奉在心灵神圣的一隅，直至地老天荒。

后北山寨

那是后北山错叠的倒影，在酒盏神秘的气息中晃动着。

那是曲纱神女颤抖的眼泪，在我灵魂的缝隙里莹莹闪亮。

那是吐蕃的后裔们舞动祭祀的声音吗？为何藏寨环鸣，震憾山岳？

那是后北山寨，沉浸在巴藏朝水节的祈福里，一直在阳光的静谧里急切地等待。

等一群灵魂潮水般涌来。

这是藏地的一处秘境，在黄昏的酒歌里颤动着悬念。

一个小小的藏寨，盛满朝水节的欢歌和佐瑞远嫁的倾诉，让探寻的目光填满了太多的奢望和遐想。

一个人热忱的眸光，一群人的眸光，巴寨沟的眸光，让我孤傲的灵魂瞬间萎缩。姐妹的朵迪舞旋动古老的传说，兄弟浓烈的青稞老酒里晃动着几座藏寨的月色。

灵魂沉醉，一个人的念想被蝉儿的争吵掏空了。

思绪被夜的幽深和酒的浓香反复折叠，想不起身处何方。

整个藏寨都无法入眠。

晨曦是被石榴树旁的酒歌唱醒的。

（选自《星星·散文诗》2020 年第 12 期）

离异少妇次仁拉姆（外二章）

扎西才让

她那好看的脸蛋和丰美的体态，使人感到一种强烈的诱惑力。然而，她有的是严肃的表情和敌意的眼神，仿佛女神一般，神圣而不可侵犯。于是，她丰硕的胸部、厚实的嘴唇，便成为可望不可及的水果和鲜花，面对某侍官的追求，她常常避而远之，暗示神意的花树，开在院墙之后。秀美、仁慈又圆满的二十一个度母，为人们带来了四季、阳光，和幸福。被爱情伤害过的女子，你能不能走出庭院，给追求者以希望的夏天？

庄园内的一株紫斑牡丹

这一株紫斑牡丹，诗人看出了她的象征主义：新生，绽放，又凋零。为了表现这主题，她拼尽精血，也想成为院落中惊心动魄的一幕。在幽暗的枝叶上，她选择了九朵——九朵白晃晃的热烈的抗争之物。只花瓣根部的椭圆形紫色斑纹，是温暖的，暗带着女人成熟的气息。而她在怒放之际，因用力过猛而隐现的枯萎的样子，预兆了必将到来的死亡。即使花朵和柄骨正在此时实现着韵律感的构图。是的，她漫长的一生是充满传奇的，对于生命的艺术，她执著、坚定、沉稳。她在完成自己的使命：一朵一朵，都以子宫的形状，表达对女性的礼赞。

传 奇

有着一头浓密长发的安多男子，十二年来，一直是镇长大人的帮凶。少女达娲央宗，你只好去迷醉他，委身于他，要在酒后剪去他的长发。豪华静谧的客房中，正上演着让人无比紧张的一幕：瞌睡中的男子，长长的卷发失去亮色，散落在地，他微阖的双目，即将看到冬夜的顶灯。但这紧张的一幕不曾凝固成永恒，男子醒了过来。只因达娲央宗梦中的呓语，改变了一个草莽英雄的命运——他连夜外逃，再也没有回来。

（选自《散文诗》2020 年第 1 期下半月刊）

花椒（外一章）

徐慧根

西顶的花椒，站在山的高处，站在我目光的高处。

像火红的繁星，离太阳更近，和月亮更亲。

采摘的人需沿着弯曲的山路，踩着露水，掠过季节，再攀上几块大石，把手臂伸长些，再长一些，仿佛季节在招手。

避开尖刺，躲开自下而上的目光，然后，收藏火红的锦绣。

调皮的花椒，仿佛不甘于这样的命运，它裂开身子，吐出黑色亮晶晶的籽粒，借助风，告诉雨，多想把新生的梦想托付给可以抵达的土地。

告别枝头，像出嫁的女儿一样告别。

告别树桠和山顶，在老人手捧的宠爱里，迎接新的命运。

它走进厨房，身先士卒，试探油温，待一缕香气升起，锅底冒出微微青烟，似战地烽火。

葱姜蒜酱醋酒，紧随其后，红绿黄青蓝紫，以身赴险，锅铲叮当间，百味俱出。

唯此一味，西顶的花椒独有。

西顶的花椒，像汤汤长流的淇河水一样，就这样，走进了《卫风》古老的册页，走进了中原大地的卷帙，走进了生活之门。

核　桃

年轮是树的荣光，倒地时抢先证明自己存在过。

核桃，在落地的那一刻，直接变成了多皱的老人，满身的皱纹和充盈的大脑，以智者的身份炫耀资本。

西顶的核桃，是轻装的，不着厚重的铠甲，不带满身的沧桑，无需敲打，便直接回应懂得的人，以最大的自信呈现出最为完整的内核，如大脑的道道沟回，深刻蜿蜒，遍布智慧。

当我从一个粗糙的大手中接过一个棉布的口袋，轻轻一晃，哗哗作响，像是无数个思想的碰撞，如一大群智者的交流，喧闹而和谐，最终汇成同一个声音。

我不忍打开。它表皮光滑，纹路清晰，轻轻一捏，咔哒一声，齿颊留香，舌根微苦，诗一样的感觉最适合慢慢咀嚼、回味。

吃啥补啥，是上祖最亲切的教诲，也是现代科学的明证。

咔哒咔哒的声响，诱惑着诗韵的迸出，似一把把智慧的钥匙进入诗境的锁孔，为西顶的山石草木、过往行人，启门开道，在山路的转角处植下慧根。

有人，从古滑台披着散文诗的霓裳，怀揣着一颗诗心，翩然而来。

那就是我。

（选自《星星·散文诗》）2020 年第 5 期）

雪一样的白（外一章）

徐澄泉

南国乡野的野花，自然绽放，与空中翩翩起舞的蝴蝶合二为一。

扎蝴蝶结的小姑娘，跟着妈妈画白雪。

她在一张白纸上画白雪，始终画不出那白雪的样子。

妈妈摇摇头，提示她："知道吗？是雪一样的白，纸片一样的飞。"

聪明的小姑娘，交了一份聪明的答卷：她在一张白纸上，画了好多好多个圆，又剪出好多好多个空。

妈妈为之鼓掌。小姑娘欢呼雀跃。

一张白纸变成许多翩翩起舞的蝴蝶，飞进妈妈的怀抱。

回乡记

父亲祭日那天，我开着新车回庙子湾。

点一支父亲喜爱的香烟，在父亲坟前跪下去——

"父亲啊，您就瞑目吧，村里新筑的水泥路，正从您面前向山外蜿蜒，沿途都是您熟悉而陌生的山水。为此，我买了一辆新车，告慰您。"

沿着父亲的梦境，我原路返回城里。

夕阳西下。阳光洒在村道上，耀眼的光芒刺痛我的眼睛，恍若四十年前，我蹀躞于崎岖的羊肠小道，一路追寻远方的风景：厚积的雪，多么洁白！

几缕邻家炊烟，扶着晚霞赶上来，把我送到庙梁上，再现四十年前的场景。

（选自《天山时报》2020 年 5 月 9 日）

阳光小镇（外一章）

海　叶

如果时间充裕，这个深秋的下午，我想步行去阳光小镇。

路边的狗尾草，在阳光下自由摇曳，像守护在小镇的犬吠。

我还想对尚未枯去的草木说，在暖暖的阳光下慵懒，是所有漂泊者最羡慕的场景。

山脚下只见三五户人家，这是真正的小镇，连门前的绿色盆栽，都是静的。

当时间走进暮色，一盏灯一盏酒，加三五知己，足以支撑诗意的人生。

上堡印象

侗寨，树荫，溪流，以及木板屋的格子窗，窗前悬挂的灯笼，都是属于上堡的方言。

铭刻于磐石上的图腾，盘绕交织着远古的故事。

好似神秘有了重量，光阴也有了重量。

鼓楼，自成一体，摆脱了风雨的纠缠。

空空落落的戏台上，只有夕阳的影子晃动。

当携来的玫瑰花瓣，铺开如水的晨曦，小镇初绽的娇媚，恰似黎明的新娘。

（选自《天山时报》2020 年 8 月 22 日）

亲爱的黄姚（节选）

汤松波

一

黄姚，北宋开宝年间遗留下来的古老镇子，与甲天下的桂林山水毗邻。自然山水与桂林的模样长得惊人的神似，人称“小桂林”。千百年来，她在世人的视线里，都出落得如同一个好看的姑娘，风情万种，让人迷恋。

我是极为相信缘分的人。爱上就如同初恋那般，就缘于诗和远方对我的诱惑，抑或我对诗和远方的一种向往。古老的石板路上就听到了绵密的呼吸，听到了酒壶山上绿茶舞蹈的节奏，闻到了古老巷子里徐徐飘散豆豉香味……那呼吸，那节奏，那香气，自然而然地贯通了我血脉。

二

在古镇，我常常坐在带龙桥上，无需构想，这阳光和鸟语技巧地排列在我的诗歌里。那些曲弯通幽的巷道就是我诗的骨骼。在很多时候，它们都有一种燃烧意识，时不时地释放出诗歌的天性。

夜幕下，一排排红灯笼，照亮了姚江的脸。一缕缕炊烟，摇晃着身姿，在游子的眼里不经意间就漫成了乡愁。我喜欢在这样的意境里，踏上青石板寻找平平仄仄的花句，喜欢倚着廊桥望着雁阵拍打寂寥无边的天空。

此时，云朵换上了新衣裳，停在姚江映衬的雕花木窗上，她要和流水送一程落下来的花瓣……岸边的杨柳，伸出细细的小手，依依作别。我站在一旁，默默地注视着这不动声色的一幕。花去也，明年还会朝着她以往的颜色和气质再一次向我绽放么？姚江无语，转身就潜入我的血管里畅游去了。

月亮幽静地坐在真武山顶，等你，也在等我。多好的夜晚啊，当我牵着你的手走过带龙桥的时候，一尾尾精致的锦鲤，在月光里抢食着我们投入姚江水的身影，甜蜜亲吻的样子，让人一辈子都忘不了了。

三

在黄姚古镇，我遇见了何香凝和欧阳予倩，一个是丹青高手，一个是戏剧大师。丹青高手打开了她的画布，在填入酒壶山、填入姚江的同时，也填入了辽阔、寂静和风吹不散的灵魂。

而古戏台，则是戏剧大师的营造的风景，那些从盈盈水袖甩出的故事，从民国辗转萦绕到今天，依旧在百姓把盏而乐的口中徐徐展开，极富生命力。

我知道，无论是何香凝，还是欧阳予倩，他们行走在黄姚的时间里，也把黄姚的风雨、坎坷、江河、山峦一一酿进了他们的生命。

我确认，他们的生命，开创了黄姚意义上的文化河流。河流之上，或画或戏，或展或收，都见风骨、魂魄和婵娟。

大师在前，我小心翼翼地紧跟其后。虽不能望其项背，但我常常在古镇里转悠时想象，如果灵魂能得到一点点这样的滋养，我的余生也该有一种令人羡慕的丰沛。

（选自《星星·散文诗》2020 年第 12 期）

稻花畅想曲（外一章）

余金鑫

火红的日子。总有喜讯传来。

一束束稻花。

深居芬芳碧绿的阁楼，娇嫩的女儿影影绰绰，鹅黄的面庞，头戴零珠细玉的白色小花，散发自然的清香。

泥土的女儿。

一夜之间，抽出一穗穗粒粒密致的袖珍谷仓。

从今往后，这小小的谷仓装得下——

一滴滴清露。

一团团阳光。

一曲曲蝉鸣。

一缕缕秋风。

直至这一方方小小的谷仓，一天比一天硬朗，一天比一天芳香，浑然长成图腾的模样。

一声窸窣，一片叶子敲开秋天的门窗。

七夕的日子，银河横天，繁星在唱。

天空高挂蓝色的篷帐，田野放纵极目千里的金黄。

身披艳阳，一队队丰满的娇娘耳挂黄金，胸装珠玉，通体明亮。

亦喜亦羞地站在丰收大典的台前，只等着那一声镰响，快步上场。

感恩的水稻

你深深地弯下腰去。

农历八月的水稻。

以额触地，背负蓝天。

纵横的田野上，聚集着摩肩接踵的思想者，感恩的仪式盛大而静默。

一阵风带走一声窸窣。

把膜拜奉献农人。

把感激告白大地。

把丰收交给种子。

不能忘记。

一幅耕耘图，烈日当空、雷暴在顶、田野干裂、苗间害虫、手上血泡，无声卷起。

一部水稻春秋，写弯了一代代农家的脊梁。

一首乡土歌谣，唱老了一头头耕牛。

为此，

农历八月的水稻，

在招展千里的蓝天下，在芬芳奔涌的泥土上，呈献金子的稻穗，白玉的米粒，衷心的清香，鞠躬的姿态。

农历八月的水稻，

你深深地弯下腰去。

（选自《郑州日报》2020 年 9 月 7 日）

一株遗落在田野的麦子（外一章）

亚 男

亲爱的人间，我已经记不清我的摸样了。

努力地回忆，从攻破土地的那一刻，我嗅到多么清新的空气。大片的绿，我在期间，多么自信。盯着寒风，裹着瑞雪，茁壮成长。开心地吐蕊和抽穗。转眼间，我也是一粒饱满的麦子。

我没想过会被遗落。

田野是肥沃的。金黄的消息一天天揭晓。

我站在田野，对每一个人都微笑。那真的是发自肺腑的笑，我没怀疑过，我相信人们也没怀疑过。

可是我被遗落在田野。我没有机会在餐桌上和食客开怀大笑，更不能目睹人们酒足饭饱的神态。

我在田野，独守清风苦雨。

我煎熬着，苦盼着，信守着麦子的承诺。

我撕裂，我尖叫，可是人们毫不在意。

没关系，我可以重新发芽。但我错了，发芽在错误的季节，只有被人们连根拔起。

我悔恨我连做一株麦子的机会都没了。

亲爱的人间，被遗落不是谁的错。

阿莫西林

我疼痛，无力支撑夜的黑。

酸软的气候，浸入的细菌和病毒，已经无法清除掉骨髓里缺失的坚韧。风啊，毒性十足。

我站在江边，希望江水洗涤。

可是，一粒阿莫西林，改变了我的认识。

其实，也没有必要埋怨。

肌体的虚实，我用每个早晨的呼吸来弥补。

昂扬的夜，在遇见你之后，你就是我这一生惟一的一粒阿莫西林。有没有副作用，我不再思考。

那些孤独和忧伤，不过是我在这人世间不可靠的一种意识。有些绝望是在自欺欺人。

如果一片药，有神力，那也是在感情崩溃的时候。

现在，我担心不是药效。

而是，一日三餐和安静的睡眠，不能影响情绪波动。

当然阿莫西林只是象征性的，是不能根治病灶的。

而你，却能。

（选自《天山时报》2020 年 4 月 18 日）

木龙河畔的夜谈

王德宝

那晚，我们是骑着自行车从塘汛住地，穿过孝节牌坊，来到木龙河畔的。

那时我们都很年轻，意气风发得不懂什么叫脚踏实地，什么叫谦卑做人。

我们不顾草丛里蟋蟀们的抗议，无视不远处那些明灭不定的农家灯火，大声地交谈，没心没肺地笑。青春和梦想，像得到默许的彩色灯笼，从木龙河畔升起，将正在拔节扬花的稻田和默默赶路的河水照得都有些羞涩。

夜色也像被我们的话题和笑声吓住了，在我们的高谈阔论中悄悄退去。

现在，我已经记不起那晚在木龙河畔说了一些什么，也不知道和我一起交谈的两个伙伴，后来都去了哪里。

那晚，我们应该没有谈到南湖旁的六一堂，没有谈起画荻教子的故事；

应该没有谈塘坊坝的孝节牌坊，竖立着古往今来怎样做人的道义；

没有谈越过涪江去攀登笔架山的事情，没有谈我们坐的地方有一天会成为城南新区，稻香和蛙鸣只能不甘地远去；

没有谈涪江会在这里被惊呆，一号桥会在涪江上横跨东西，二环路会在这里盘根错节；

没有谈会有一群又一群的人在这里铺开经开区的图纸，让一片新城在绵阳之南落地生根，长出无限活力……

那晚，我只记得抬头的时候，不远处的拱辰塔像一支充满期待的笔，蓝黑的夜晚也像一张望眼欲穿的纸，似乎就在等谁的目光转过来，就在等谁的手伸过来，把未来的日子，画出来，再种下去……

（选自《剑南文学》2020 年第 5 期）

外　婆

西　伯

外婆死了。

与土地打了一辈子交道的外婆，回到了土地，继续耕耘春天，提供食粮。墓前是一片青松，随着春风发芽，油菜花开得正好。

这是一种安慰吗？死在生前的命里，与土地、庄稼为伴……

谁又知道呢？阿尔茨海默病早就收回了一切，关于村子的记忆，关于儿女，关于漫长的经历与辛劳——

一个土地的长工，与土地搏斗是宿命。一个土地的长工，也会忘了一片土地的伟大。

如今，我学着逝去的人一样，活在自己的命里，做一个新经济时代的长工，与互联网、电流为伴。

在网络写墓志铭，也写难忘的得与失。

夕阳总是渲染着石头内心的色彩。黑夜之后，我听到一条小蛇前来敲门，弯弯曲曲爬行的姿势，像极了通往外婆家的那条小路。

土地是护身符，外婆住在里面，世界的秩序依旧一往直前。

我还在对生活软硬兼施，却从未怀想一条小路的终点？

春日已逐渐蔓延其中，这条短暂的小路，并未指引我认知到死亡，见识到呻吟与死亡的交叉点。

谁都未曾想过去与留。就像此前，外婆一路向前，尽管遇见恐惧与哀伤，尽管曾经愤怒、摔家具、打小孩儿，抱怨孤独。

但如今，高高的松林边上，只有一个温暖的墓穴，等着时光侵蚀。

（选自《扬子江诗刊》2020 年第 6 期）

山塘桥（外一章）

许小婷

曾经是一块块巨石，经历了怎样的捶打，才成了山塘桥上的青石板？一座桥，要经历怎样的风雨和磨炼，才能像山塘桥那样从容不迫？

山塘桥，一头扎进历史的长河，一头向着未来延伸。伫立桥上，仿佛有千年的桨声隐约传来，而那片小石子溅起的水花，可是千年前的那一朵？

一座桥，就是一段历史的见证，谁能读懂桥沧桑的心事？

“岁月失语，惟石能言。”我踩着光滑的石板桥轻轻走过。

村　庄

撑一叶小舟，深入水乡的脉络，一条河从远古淌过来。

一根竹篙撩拨水中倒影，摇曳农家人丰硕的喜悦，清甜的果香悠然飘来。

村庄的午后被水洗过，清澈，浅绿，连秋虫的鸣叫也纤尘不染。循着江南水乡的梦，我被欸乃声泛起的涟漪深深感动。

米饭香，鱼虾鲜。一条河流，给了村庄恒久的馈赠：曲折，蜿蜒，峰回路转——

（选自《天山时报》2020 年 10 月 24 日）

旧年（外一章）

阿　垅

屋檐下的木柴旁，竖着一把豁口的砍刀。

雪还在下。

大门外的草垛全白了，像极了那个三更半夜回来的男人。

她的欢喜已经在床头空了三年。

有团火一直憋在胸口，就是不像火塘那样敞亮，就是掏不出一堆滚烫的灰来。

放生羊

解开捆绑四肢的麻绳，在最后时刻，被买下的那只羊，半边身子沾满了泥水和血污。

老人在它背部的皮毛上扎系了几根彩布条。

穿过集市，走向草原，它会不会在半途停留，回头往这边看一眼。

羊的眼里满是慈悲，从来就没有一丁点怨恨。

头上的两只角，像两把迟钝已久的刀子。

（选自《诗潮》2020 年第 3 期）

村庄即景

鲍伟亮

油菜花摇曳着蓓蕾，在北国，没有大片的金黄，她成为一种花。

临近的两场春雨，一场主持桃花的葬礼，一场润湿草莓花的胎盘。如今，白色的细瓣撑开守望，绿油油的植株上是花朵的田野。

油菜花，仿佛是此时菜园中的一株向日葵，为草莓的花圃守卫站岗。

倒塌的旧墙习惯于倾听声音，自从抵达暮年，他便承认了苔藓的生长方式。木窗封闭了太多的年月，此刻，窗台上那把失去木柄的镰刀，又掉落下一片铁锈。分离的疼痛让年迈的身影拥有了感知，双眼微睁，几块石子坠入土里。

远处，风力发电的白色叶片悠闲地转着，黄土地中耕种的人们，如同散布在地沿上的几株小树，在风中为土地引来扎根的种子。

春暖村庄，燕子常常光顾河滩，与空中觅食的白鸽互致问候，偶有炊烟引动它们好奇的眼睛，即使远处的林中布谷歌唱到沙哑，也不曾赴约。

河水荡漾着粼光，渐哼出一支黄昏的小曲，等待麦浪与晚霞作别，村庄由一个童话蜷缩成一枚沉睡的琥珀，那些泥土的疲惫开始抽芽。

灯火点亮了人间，村庄是大地上的一颗星星，她不说话，一如那个表示赞美的意象。

（选自《上海诗人》2020 年第 5 期）

雨点落在瓦背上

陆　苏

雨点落在自己家的瓦背上……

好听得像花骨朵儿在弦上轻轻跺脚，又来回踮着脚尖小跑。是什么要从天上下来吗？是春天吗？

一间屋，千片瓦。

每一片瓦上都站着天籁。横吹的朝云是笛，竖吹的暮风是箫，平拂的流光是筝。经过的，都是素音，都是好听的。

喜欢住在小村，喜欢住在青瓦的屋顶下。听得见时光流逝的声音，听得见简单生长的雀跃。在突然醒来的夜里。

新搬来的茶花一家，还在连夜收拾箱奁吗？次第打开的花布包里都层叠着香。

晚上喝了酒的碗碟还没睡，碗橱里坐立不安的声响，是等不及天明，摸着黑在给谁写信吗？

树叶向风借了翅膀，飞身去扶下树梦游的白玉兰。

竹子们推推搡搡，争着签收午夜刚给自己送来的翡翠。

瓦背上歇过萤火虫，歇过霜，歇过梦，歇过一整个夜，和天一样大的夜。唯有这雨点，歇得最动人。

总想不好，如果谁在屋顶上敲门，我该把木梯子搭在哪片青瓦下，一手提着裙子，一手把一片瓦那么大的一小片天轻轻托起。

所有的雨夜，我都想回到这里，想象着瓦背上的情景，守着家人，让他们高兴。

每一个雨夜，我都想醒在这里，放心地让自己家的雨盛大地抱紧，让心安静。

雨越大，夜愈静，心更静。

静得听得见，你想我，我想你。

（选自《星星·散文诗》2020年第4期）

那时候的家乡

焦龙梅

那时候的家乡
天特别蓝，星星特别多特别亮
绿树啊野草啊总是散发着舒心的芳香
绵羊归圈是每个傍晚温暖的乐章
滚滚麦浪是每个芒夏丰收的希望

那时候的家乡
奶奶裹着小脚，长着皱纹，幸福的笑容常在脸上荡漾
爸妈总有使不完的劲，勤劳的身影闪烁跳跃，不论农闲农忙
英俊高大的哥哥们有着浑圆有力的肩膀
城里回家的姐姐们像仙女儿一样灵秀漂亮

那时候的家乡
老师们会让人敬畏，求教时还要壮着胆量
伙伴们会手牵着手，游戏简单笑声欢畅
新媳妇儿带来节日的喜庆气氛，亲友欢聚，汤糕飘香
娃娃们脸蛋粉嫩，眼眸里闪烁着无邪的光芒

那时候的家乡
小年开始，每天都有过节的口诀，二十三喜灯粘，二十八扫院房
除夕之夜，旺火冲天，鞭炮轰隆，财神进门，焚纸点香
正月里，家家户户的锅灶都会冒起浓浓的蒸气，妯娌们一起做饭，闲话家常

十五踩高跷扭秧歌挂彩灯转九曲，人群熙熙攘攘，少年衣兜鼓鼓，装满瓜子水果糖

那时候的家乡真好

我曾以为那就是岁月的模样，奶奶会在，伯母会在，谁都不会天各一方

谁知光阴似箭，人间竟然有伤别，我也转眼走了人生的半场

远离总有浓厚的惦念

缺席总有难言的惆怅

新春即临，辞旧不忘岁月的馈赠，迎新更添生活的力量

愿不老的土地年年景色更美岁岁粮食满仓

愿永恒的亲族家家和顺喜乐人人平安健康

（选自作者新浪博客 2020 年 8 月 20 日）

火塘（外一章）

莫　独

信步向前，靠近、弯腰，紧挨着当家的男主人，

坐下。

水烟筒，就递了过来。土土的酒碗，就裹挟着包谷老烧浓烈的酒气，紧接着烟筒递了过来。

火焰簌簌，吐着一条条红舌。

烟火味扑鼻。火光，照亮了屋角的锄头、斗笠和蓑衣，照亮了壁上拴着红布条的大三弦，以及长者不急不缓的问候。

叙述隐约。那些朦胧起跳的身影背后，歌声和掌声，和着悠远的曲调，隐隐地传来……

身前身后，轻轻重重的旧日子，长长短短的老故事，在乡村博物馆一扇扇的橱窗里，已被时代归类，排列成阵，恍若隔世，却清晰如昨。

慕名而至的人，牵紧自己一路北上的热爱。

火焰簌簌。恰如其分的风雨，掠过问候的缝隙，掠过三个围着火塘相向而坐的男人的背影……

牛　群

一记哞声，从谷香里跌落，掉到西山的胸怀里。在谷物的身旁，牛群，被农事圈住，缠绵、体贴，耳鬓厮磨。

更多的牛，在昨日的民间来来往往、挤挤挪挪；在四季的路

口，和不同的庄稼迎来送往，不断轮回。

经卷，还在翻动。一丛丛的火，在历史的荒原上，酌热、激烈，熊熊燃烧。

火光，映照出牛群隆起的脊背。在不老的高原，任何一件农事，都是它们出入凡间的一条途径；任何一株庄稼，都是它们热爱烟火的一份写照。

毕摩，口中念念有词，手中的经卷，随越来越近的吆喝声，彻底打开，仿佛要把更多滞留在牧歌里的牛，从字里行间，赶回尘世……

谁把身子一再倾斜，企图更加靠近可邑，靠近这个午后，以便更能听得贴切，一群牛，群体走过村庄的声响……

风紧，炊烟斜。哞声阵阵。

无以回避。黄黄的身影，从对面扑来，从小巷窄窄的尽头处扑来——

从古至今，这是村庄从来不曾熄灭过的一丛火焰。

（选自《星星·散文诗》2020年第1期）

党家磨（外一章）

花　盛

我不说你是洮河，往昔挑水的木桶已无踪迹。

水，在放牧和归来的路上黄金般珍贵，咽下一口就是生命的一次延续，或者更多。

我不说你是党家磨，淹没村庄只剩下水。

家，在迁徙的路上荡然无存，迈出一步就是与你长久的分离和奢念。

我不说洒在水面的星光，他们，曾经几乎耗尽了我所有的语言。

父亲在前，我在后，漫长的冬季，我们如履薄冰。

但水，是有翅膀的，它的飞翔承载着党家磨久远的历史。

如镜的冰面，映出天空、云朵和星辰，像人世一样。

后川即景

我住的地方是小城郊区的后川村，我住的房子在后川的最后一栋楼上，房子后面是一块块田地。

青稞早已收割，剩下的油菜一捆捆立在原地，抱团取暖：一群绵羊衔破土的青苗，几只流浪狗顺着地埂追着她们四处乱跑。

有人在空地练车，土地被碾出一圈圈年轮。机器翻出的土豆像真金白银，被一个个捡拾、装袋。

在后川，我们都是异乡人，像一个个土豆，等待着被一双双粗糙而温暖的手，领回家。

（选自《青岛文学》2020 年第 7 期）

打谷场

李　宁

除了风吹着口哨，牛一遍一遍在地上画圈，还有麦子赤裸着胸膛。

我不能俯下身，坐拥平原的光芒。我坚持用自己的一双手拯救出心灵的光亮和成熟的蜜，一些亲人的谈话渐入谷粒内部。

他们由收成谈到更久远的事情。漫长的悲伤，荒原，一朵寂静的乌云。

我把衣裳装满西风，只为从鼓起的事物里，找到掖藏在故乡之下的哭泣。

雨中埋伏的玉米能否提前或者推迟秋天。

在干旱面前，一切都被拒绝。为风雨准备秩序，即使每一次闪电，有它的意义和黎明。

一串豆角，一口陶罐，两种事物的相遇，显得那么必然。

（选自《扬子江诗刊》2020 年第 6 期）

我的鲁王墩（组章）

陈　俊

我的鲁王墩

马蹄踏过，风云踏过，王在其上。

苦艾遍地。麦苗和山芋分享春夏。秋霜冬雪，不落一只飞鸟。有漏下的月色，有残存的墓碑，擦着河水，遗世孑立。

有远古先民的石器，在庄稼的根部，与黑暗较量多年，出土时比种子更稀缺，比骨头更硬。

有三国的兵马留下的蹄声，在风雨大作的暗夜，复述着吴魏的厮杀和凶险。然后死寂。然后半夜惊魂。然后金戈铁马皆化作尘土，六畜安宁。

有鲁肃的王旗在看不见的草泽和民间口口相传，一半是敬畏，一半是骄傲。来过王，驻扎过威武，保佑过一方百姓。故意不提显赫，让你去猜。它的久远和正统。但墩以鲁王名之，河以鲁王名之。

试剑石和读书亭像星星一样环绕着。墩似月，静。河似月光，动。

扼七省通衢之要冲，一夫当关。扼山谷河口之绝险，万夫莫开。

却在目送南来北往之时，从不阻挡。

果壳里的杨塘

杨塘向北三百里是淮河，向南三百里是长江。向西三百里是楚尾，向东三百里是吴头。向北三千里是沙尘暴的北京，向南三千里是狂风大作的伶仃洋，向西三千里是踏了一只脚印的神农架，向东三千里是泊了一只手印的东海。

杨塘向上三百年是竹山陈氏偏离了江州义门陈氏的开宗接代，向下三百年是我的一封没有诞生就寄出的收官之作。

在天地中心，果壳里的杨塘，波澜不惊，从某一点出发的水波无限扩散成宇宙深处的风暴，而我仅向塘中扔过一颗石子而已。

低　头

云会低头，鲁王墩会低头。低下去流水不腐。

萤火虫会有光亮。听到虫鸣和低处的叹息

泥水一身，汗水一身，粪水和臭气一身。不会更低。

白云，清风，麦香。不会更脏。

低头止于流水，止于平常，止于用心，止于耕耘。

低处有低处的戒律。

低处更有一杆秤，秤砣压千斤。一头压着，另一头不会翘起。

父母早起的墩上，麦苗青青。渴望风调雨顺，渴望自己在墩上长得更壮。

总想往高处蹦得更高，总想远走他乡。

看不到鲁王河的头也看不到鲁王河的尾。流水无情。

奋力地离开，奋力地回溯。

鲁王墩仍在原地，守望。像当初一样，不高不矮。

让我归来，一抬头就看清方位，一低头就遇见故乡。

在门前高大

开门，鲁王河从峡谷中跑来，笑语盈盈。

清波一直挤到鲁王墩上。汇聚汗水和笑脸。

没有人拦住负重和爬上坡后轻松。

没有人在咬紧牙关时向后滑一滑。

前面是绿波漾漾的麦苗。我的一亩三分地是从鲁王墩开始的。

当麦地长得比我高时，我看到了天空的容纳和后退。当我收割，镰刀比我更会珍惜，懂得留下麦茬。

比麦茬扎得更久。又比麦茬长得更快。

比山矮的高墩，却最终成了一颗心奔向远方的阻挡。没有船和汽笛。没有高楼和拥挤。没有见识和学问。长相有些丑陋，只配陪伴荒冷的冬天和枯萎。

当我一步跨江而去，身后是一墩孤独的叹息。

父亲没有在墩上呼唤。母亲把幽泣埋在谷林寺的钟声里。当我走了一圈，才发现没有比它让我看到更高的天，更暖的遮挡，对我更重要。

从江北到江南再回到故土，没有找到比它更多登临高岸的畅快。看到更远的河流。所有的攀爬都觉得邯郸学步，虚晃。登临都觉得肤浅。不值一提。

其实无须寻找。回过头来，真正的高墩，不在别处，就在门前。

（选自《星星·散文诗》2020年3期）

野山坡

陈　亮

与众多的游人不同，下山的时候，我选择了一条驴友小路，在路边，一面向阳的坡上，春风指认出一些獾的窝或野兔的窝，洞口边上有一丛丛的野花紧密簇拥着。

洞口幽深而神秘，我有些手痒，打开了手机上的灯照了进去，竟传出呦呦的恐惧的幼崽之声。

不禁为自己的冒失或唐突的造访，而自责脸红起来——遂仓皇离开，然后向不远处的虚空处摆了摆手，表示出自己的抱歉或善意。

这也许会平复外出觅食归来，隐藏在附近的一位母亲！

当我回望，洞口的野花剧烈晃动，虚惊后的欢喜，整座山都感受到了。

（选自《散文诗世界》2020 年第 1 期）

缓 慢

金小杰

这片土地，很多人走了出去，又走了回来。

春天，蒲公英会从地里艰难地举起花朵；夏天，一只瓜的内部会缓缓蓄满雨水，再偷偷地由青转红；秋天，叶柄会悄悄地枯萎，夜深人静，才会“啪”的一声断落；冬天，雪会一点儿一点儿地积满冬青树叶，炊烟会在毫无遮拦的平原上，飘得很远……

这么多年了，树还是那棵树，人还是那群人。在乡下，一切都变得缓慢。有人住了几十年的老屋，只为守住门前佝偻的老杏树，守住自己的风烛残年。年关，有人去拜访一年见不着几次的亲戚，门开门合，面前的人又老了几岁。有人出走大半辈子，乡音未改，鬓毛已衰，站在村口迟迟不敢归家。

在这一马平川的华北平原上，很多日子藏不住秘密，就像很多人一生，波澜不惊。

几片树叶落了下来，阳光盛大而温暖，外出归家的人喜欢坐在墙根儿，去日遥远，来日缓慢，他们在互相补偿这缺席的几十年。

（选自《青岛文学》2020 年第 2 期）

青瓦：荷花节

雷黑子

荷嫁到铜瓦湖的时候，秋风吹哑了沿路送亲的唢呐树，摇灭了沿街迎亲的门楼灯。荷一气之下，钻到淤泥里，好几年都没迈出水面一步。

河堤憨厚地笑。

怀抱着铜瓦湖的河堤，生来就是为了迎接惊涛骇浪，尽管他柔情似水向往着平静。在汹涌澎湃里长大的河堤，经历过几生几世的轮回，还被火药炸断过臂弯，多疼都没舍得放下怀里的铜瓦湖。

水草把铜瓦湖的怀抱给荷让了又让。

水草是黄河路过铜瓦厢时，送给头道坝的。当时还把两腿泥，一屁股的债，都忘在了大坝上。一觉醒来，卸下一身的累赘覆盖了遍野的秋色，拍拍屁股就走了。

小鱼儿把荷往水草的怀里拉了拉。

小鱼儿是大清朝路过铜瓦厢时，留下来的，小鱼儿偷偷藏起来陪水草。小鱼儿一个筋斗翻出湖面，就会有一船的惊呼和笑声扔进湖里。

许多年被小鱼儿一筋斗一筋斗地翻进了湖底，许多年被荷一塘一塘地覆满了水面。一路向铜瓦厢走来，沿路荷塘里竞相开放的荷，清雅之香溢满游人周身，如临天外清境，如沐观音圣辉，流连而返时，带走了荷的高洁和秉直。

铜瓦厢的荷花节，其实就是荷与铜瓦湖的爱情纪念日。

（选自《散文诗》2020 年第 9 期上半月刊）

采茶女

曲全胜

捏住一只嫩叶，捏住了一点清香。

纤指，沾满了露水。

茶树在你的腰肢旁绿着，怒放的青痕，一茬一茬被摘走。滴滴茶露，也被掐进胸前的布包和竹篮。

叶子被炒了。

绿的叶磨成了碎沫，打起的结，包装了的香草。

商贾把茶叶搬上了手推车、摆渡船、货轮、列车，从江南到江北，到银川，赴宁夏，进西藏，跨过了鸭绿江，越过马六甲海峡，漂到了海外。

茶叶远走。

走不出江南的是宁静的茶园。

别把茶枝嫁接给苦艾。

茶女，把最后一杯苦丁，喝进自己的心里。

（选自《大沽河》2020 年秋季号）

你厮守着夜

王明伦

夜，远离村庄的荒坡。

草棚边，你厮守着。厮守着那片青青的果。

那根明灭的长烟袋，如一张豁牙齿的嘴，低声絮叨着辽远的神话(古老的夜，能听得懂么?)。

你知道，歌声和爱情是属于年轻人的。幽幽的月光和清凉的晚风，是对于忙碌了一天的青春的心的慰藉。促织娘的琴音能挽住旅游的萤火。青春舞会上，多瑙河蓝色的波光，会使年轻人如痴如醉。

况且，少男少女们初萌的恋情，正如青绿的酸苹果，还需要时光的催化剂……

于是，你选择了夜，选择了冷清与孤寂。半坡人圆形屋一样的茅草棚，贮满了你—— 一个看果老人晚霞般深情的眷恋（也许，还有一个不为人知的秘密，林深处，你面对一丘青冢，夜夜将心事向早逝的老伴诉说）。

斗转星移，花开花落。夜夜都见草棚边你硬朗的身影（虽然村里的敬老院，已为你铺好舒适的钢丝床）。

呵，看果的老人！我知道，即使厚厚的黄土将你覆盖，宁静的夜晚，也会见到点点磷火。

（选自《青海湖》2020 年第 6 期）

一棵老树（外一章）

张稼文

老树上的那几片叶子一直在风中激烈地争吵。临近傍晚，它们先后脱离树枝，那样子那势态，像是因意见不合而执意四分五裂、分道扬镳、风流云散。

最终，它们都只是飘落下来，一起躺在马路上。保洁员走过来，将它们扫拢、撮起，倾进同一个垃圾箱。

从始至终，这棵精神矍铄的老树一声不吭。

看　山

远处的山只是看看，草木似已凋败，只剩些白色的石头和已瘦得变形的羊群。

只剩些绵延如羊齿的轮廓，远远地虎视着我们的城市。

城里一些人在忙碌一些人在醉酒；

一些人在开会一些人在写诗。

看一片风看一片云以及山民的炊烟。

远处的山只是看看，而不需去爬。而那屏障般的轮廓，在黄昏中模糊——但温暖。

（选自《大沽河》2020 年春季号）

种花生

赵大海

眼里只有泥土和花生。现在，娘走在我的前面点种，顶着头巾和晃动的落日。我跟在后面掩埋，一百五十多斤的重量险些把整条垄踩得塌陷。

娘回过头来笑：你这体格就不是种庄稼的料！

娘的身子踩在垄上，小脚向前捣动。实际上是七十多斤的重量在动，是六十多岁的身板在动。这么多年在乡间，就是这最后的七十多斤在动。

我看见一缕黄昏踩在垄上，向前轻快地移动，不伤害任何一粒种子和秧苗。

（选自《大沽河》2020 年秋季号）

一只微笑的山羊

宋显仁

上山的时候，我们遇到一只微笑的山羊，它温和、专注，一定是正想着美妙的事情。

我们的靠近，几乎没能打搅到它，它一直微笑着，除了想着美妙的事情，我不知道它还会想什么?

微笑的山羊啊，你想着一次快乐的远足?想着一次愉快的邂逅?或者，想着一丛青草的鲜美?想着一泓清泉的甘甜?又或者，想着一次角力的胜利?想着一次回眸的深情?

而我们怎能忍心打搅你，这时候的你就是大圣山上安静而快乐的精灵，就让我把你的微笑珍藏吧。

下山的时候，微笑的山羊，我很想再次见到你，我知道你一定是回到了羊圈之中，而几百只山羊中，哪只是你呢?好多好多只都有点像你，可看来看去又有点不像。

微笑的山羊啊，我们遇到了你的主人，一个安静的牧羊人，他的微笑也很温和，你们平常间总是互相学习吗?在这宁静的深山里，脚踏实地，快乐生长，微笑也是宁静的。

（选自2020年10月30日贵港作协“言而有齿”公众号）

五辑
心灵窗户

天　鹅

李　浔

我没见过天鹅。

听说它们有优雅的翅膀，有绝对相信蓝天白云的信念。它们还有它们的子女，一代一代给了我高远的想法。我这个没有见过世面的人，如今在谈论高不可攀的美。

我渴望美。你看，偶尔有风吹过的水稻叶子，摇晃着；村里的炊烟也摇晃着，远远看去，这就是衣食无忧的美。

我坚持美。我在这里仰望着天空，傻傻的表情，像路边的那棵石榴树，一年一次，石榴会咧着嘴赞美成熟。

有人说我是长不大的孩子，幼稚、任性，动不动咬着嘴唇，说出不合时宜的赞美。

这是真的吗？

我渴望有天鹅的天空，并想把美团结起来到明天。

（选自《散文诗》2020 年第 6 期上半月刊）

追风筝的人（外一章）

崔国发

从清源北路往前，走进了一家书店，书架上有一个追风筝的人。当手握住细线，纸筝高飞，而风呼之欲出。

现在它如此自由。

抬头一看，我发现了天空晴朗，白云在头顶转悠，正好在一所高校的塑胶跑道上，一个放风筝的小女孩，像一只春燕，眉间跳跃着一抹明媚的秀色。

我，独自一人漫步，风筝成了意外的风景。

它让我回到了童年，很多时候，我好像是父母放出的长线。一旦手中的线断了，风筝，作为灵魂的寄托，找不着北，心中不免浮现一丝怅惘。

如果可能，我愿穿越。风仍无止息地使纸筝更高、更远。在春天到来的一瞬，把自己提升到了新的境界，我看见它飞上去，像一位梦中的天使，翩翩，又极像是一幅若隐若现的画卷。

影　子

在清华园里照相。正午的阳光，显得很灿烂。背景是清华学堂，天很蓝，那棵大一点的木叶，正在返青。而坡屋顶的红色，十分鲜明。

这时，我忽然想起，刚在校史馆里看到的林徽因："你是人间的四月天。"

恰好我来的时候，也是四月。我爱莺飞草长，也爱春和景明。

当然，还有我脚下的影子。一个叫做崔国发的诗人，到此一游。很多时候，我热衷于带着自己的影子，乐于被阳光倒映。但是这一次，朝圣似的——

却有一颗深受鼓舞而更加激动的心，和一双虽算不上炯炯但无比坚毅的眼神。

把自己的一个表情，和清华联系在一起。

作为一种见证，镜头定格，我仿佛听见了，树荫下的学子齐唱：自强不息、厚德载物——我多年前就听说过的校训，在学堂中被再一次重温。正如人间四月天的一缕春风，引人入胜。

我想，一个相形见绌的诗人，该怎样加持理想的姿态，重铸一具智慧的灵魂?

（选自《星星·散文诗》2020 年第 1 期）

湖上之春

苍　耳

湖水退去时，这个地名便凹陷下去。徒有其壳，如同柔白的蚌肉被一只苍鹭叼走。风起沙迷，春来草长，孑然一身的江水仍不断从湖边带走凤尾草和灰鸥的低语。“哦在这乌有的湖上，你已居住多年”。

冬天耗空屋内的一切，爱或者抵抗。而春天拒绝任何象征，它从不证明。它从旧唱片和落叶书签开始，像早年一只沙哑的雨蛙那样歌唱。有的邻居搬走了，有的邻居上了西山。吴木匠搬走了家中的老樟木箱，它里面其实塞满了江南的记忆。还是那个暮春，我们从近郊油菜地带回来一身的馨香。波动在远方的琴声有时像星星点点的喇叭花儿开满院墙。哦，麻雀冲出屋檐又飞回，仿佛它们不曾离开过。香樟开始落叶了，一夜吹遍围城内外。春天哦春天。“那使你一生寂寞的东西，也越来越低暗。”而我，一个需要春天协助的人，站在郊外的旷野像雪人那样慢慢缩小、消融，然后又重新长出。

湖光遥远，大地吐绿。“在这乌有的湖上，残存着一只蛤蟆的忧伤舞蹈。”

而梅雨季一至，我们会紧张不安，雨水沿着石阶往上爬。孤立无援，挂满葡萄的院子慢慢滑向湖底。道路下的排水系统像上层建筑一样年久失修。每年都有姜黄的冲锋舟驶进来抢险。似是而非或自以为是跟蝙蝠类似。但这就是真实的生活。

水何以感到饥渴，如同冰块感到了寒冷？误解和残雪在任性中，覆盖了冬天里的春天的叶簇。“可是冬藏的蝉蛹，你不能说我一无所有。”疲惫的翅膀久拍不起，天空一点点高远。那在旷野徘徊的人，默默地感到了云雀的牵引，而神灵就在他的词根之中。

（原载《安庆日报》2020 年 8 月 15 日）

春风渐起

陈茂慧

初春，依旧寒凉。封冻的河流开始露出喜色。

枯黄一季的树枝上，悄悄冒出星星点点的鹅黄。

明晃晃的阳光，明晃晃的欣悦。

春风微微，窗帘安静，一只鸽子停留在窗前。灰色的羽毛，灰色的眼珠。

它看到的世界应该不会是灰色的。

我坐窗前，用灰色的笔墨，写灰色的文字。

春风轻轻。

我用文字打造：一座灰色的城池，一个灰色的宫殿，住着一群喜欢穿灰色衣裙的精灵。她们彼此惺惺相惜，时而同行嬉戏，时而安静如画，时而背道而驰。

也有夏雷滚滚，也有秋风飒飒，也有冬雪飘飘。

而春风渐起。

而我拉开了文字的幕布。一缕阳光照进光阴的缝隙，灰色已被镀为金色，它们的光芒穿越苍茫时光，抵达你的案头。

看窗外，鸽子已飞远，绿树已葱茏，渐起的春风掀起了心海微澜。

（选自《散文诗》2020年第3期上半月刊）

我们一直误会了秋风

方文竹

越过千秋关，像大军压境，一阵秋风卷刮着月牙湾，抖弄着大地的盛装。

秋风用它神奇的双手，脱掉了大地的第一件服饰，露出了粮仓、硕果，天下一片火红。落叶像无数小纸条，发布撒遍一地的贺讯。

宛溪河南畔的草根画家魏新雨将磨砺一新、银光闪闪的一把弯镰移入汹涌的色彩。

脱掉第二件衣饰，露出素朴之美。减去色彩，一个时代的意境病急需饥饿疗法。世界成了磨刀石，刀却成了无用之物。魏新雨的窗户日夜洞开，接续日月的光辉——一场大润墨，成了无用之物的刀在画里闪烁出神性的点睛之笔。

脱掉第三件衣饰，给另一事物穿上。大量的留白，粗疏的线条暗喻更多。晨雾迷离，魏新雨忙劝忠贞的侄女改嫁。

最后的一件衣饰脱下来了，一头野兽冲破心之门而出，狂奔于荒凉大野。

秋风吹着吹着，伸出了无数神奇的手……世界在穿画，画里的世界在穿衣。

（原载公众号《诗词文艺·名家专栏》2020年9月7日）

她似乎含着深沉的微笑（外一章）

王猛仁

当孱弱的枯枝突然间冒出娇羞的新芽，我唯一可以澎湃的向往，是展开初春的花蕾，在生命的多彩季节情不自禁地吻一吻花香，开心地走在冷缩的小巷里。

门前那株开满纷乱花朵的海棠，轻捷地拂过晨风，悄悄地等待，一天，两天。太阳栖落时，我才慢慢地看见那孔明亮的心窗。

春天含着深沉的微笑，从她心的明眸里久久地站立着，身后飘来的柔纱似的白雾，却撩动着晨光，将整个小院，变成女主人脸上鲜活的剪影。

我没有陶醉在那番景象里，我已习惯了那被钟声的相逢与相别。

任何徒有外露的风韵和午夜袭来的幽香，都能在春天的云缝里找到。

一阵小雨沙沙飘落，打在一本诗刊的页面上，一句未曾留意的讯息，仍声音未动，依然沉吟在新年的回忆之中。

我始终没有发声。

我是携着一树树红宝石和那沉甸甸的梦来到你的窗前的。

我疲倦了。失落许久的故事也疲倦了。

一队大雁，追逐着金色的云片，从我的头顶飞过去了，飞得很高。

我应该记下属于心中的最美丽、最动人的一瞬。

那一瞬，我真想为你放声歌唱。

这不是一朵浮游的云

寒夜，我想借助一行铮铮的诗句，描绘出此时的心境，虽然这仅仅是一种错觉，我依然会按照自己的判断，思索着完整的答案。

当我从树叶后面听到你霞云似织成的斑斓召唤时，我希望最后一束霞光不要过早地审视月光下那行深深浅浅的脚印。

既然你想早一天用鲜亮的色彩构思春天的诗篇和秋日的画卷，那么，我将永远带着山谷的花香鸟语，在一朵野百合花绽开时，轻轻地扣开你的柴门。

你和你的丛林，细数夏夜的繁星；我和我的沃野，捕捉冬晨的雪花。

但是，我知道，一切大自然的壮美、声音和思想，均在这一刻，发着光，如同脚下的积雪，在阳光下组成碧绿的春水而滋润你的爱……

恍惚之间，我分明看见，当一滴露珠从草叶上轻轻滑落，你却小心翼翼地梳理着散乱的发丝，一声不响地站在云霓之间，出神地凝望着绿树后边晚霞唤起的淡淡炊烟……

我想在阴湿的岁月里升起一束火花，你为何偏偏在此闭上双眼？

水洗似的天空，浮游着大朵大朵的色彩不明的云，并且，在一池碧水的倒影中起伏不断，像极了一首奇妙的尚未写完的抒情诗。

我站在素洁如雪的花地，悄悄地斜视着，没有开口，而心里却异常敞亮。

（选自《鸭绿江·华夏诗歌》2020 年第 4 期）

冲锋（外一章）

堆　雪

曾经的，血雨腥风的奔跑。两肋插满羽毛和马刀。

血肉与刀枪的混合体。人与武器混编的泥石流或沙尘暴。

金属敲击骨骼的妙响。高大建筑物坍塌时摧枯拉朽的回声。

风中伏倒又在雨中重新站起的，大片大片的庄稼。离开泥土还在奔跑，久久不肯倒下的树。

被风吹向枯萎，大有燎原之势的野草。携带巨大雨意与冷暖气流的亚热带季风。

低飞于天空的云团或遥远地平线的逐日者。

未被圈住的血肉的躁动，马的盘桓与嘶鸣。一个潮头压向另一个潮头的爱。

提前扑向沙滩的，黎明或黄昏时，大海的热血。

不顾一切，急需击碎或复原的梦。一组，先声夺人的群雕。

沃　血

流血的季节，土地都是红的。

土地，是被他们的血肉和精神染红的。

在一片壮烈的喊杀声中，他们是战神，更像冲锋中一团模糊的颜色。

一团，能够遍布大地、响彻云霄的颜色。

一团团，能够把沿途的阻击渲染成诗篇的颜色。

道路被染红，山河被染红。多少个黎明黄昏，多少个不眠之夜，都被染红。

他们就是一片，在红色中站起来的庄稼，在旌旗的吹拂下，发出烈焰的声音。

小草被染红，大树被染红，石头被染红。一条弯弯曲曲的羊肠小路，也被它染红。

窗纸被染红，灯笼被染红，身影被染红。一片错落有致的城市村落，也被它染红。

就连他们打起来行军、铺开来做梦的军被，也被染成了彻彻底底的红。

他们，就是在红色里呼吸、在红色里呐喊、在红色里不停奔走的人。

这无处不在的红，流淌在脚下的土地，激昂而丰沛。

其实，他们原本是绿色的，最初是一棵小草，或者是一片树叶。

但他们用手里的铁器，划出了身体里澎湃的血气。从此，眼中的一切，都被红色的激情映红。

他们血脉里流淌的，也是这个不屈的国度绘制版图时使用的国画颜料。

在梦里，他们反复勾勒着一张——红色的，中国地图。

（选自 2020 年 11 月 15 日《人民陆军》报）

到南边找北（外一章）

高　伟

到南边找北。

用上女娲补天时余下的石头，还有西西弗斯推到山顶上又连滚带爬跌下去的那一块。

用上后羿射下九个太阳之后留下的第十根弓箭，用上老愚公挖山不止时使过的铲子。

用上堂吉诃德刺向风车的那把长枪被折断的枪芒。

用上剑，刻舟寻剑的那一把。

用上老歌德年轻时的少年维特千百次去搂少女绿蒂的那个念头。

用上魔鬼与浮士德签合同时抵押给魔鬼的浮士德灵魂。

命和命在寻欢。命和命在破坏。生和死乱炖。爱与恨交媾。

风吹少女头发的画在南墙上。水果在盘子中。咖啡在玻璃里。情侣的倒影在接吻。树叶在屋顶沐浴。点燃的炭在燃烧。煤在地下五十米处成为我的自身的黑暗。

熟练的痛苦。精神病院里的健康。

到南边去找北。

这虚构的词，汉字里尚未发明的词，夭折的词。涂抹在剑上的蜜糖。接骨木上一道潋滟的伤口。

直到我的嘴边只唱出了哈利路亚，直到爱是一曲凄美而心碎的哈利路亚。

莲　花

放下屠刀，未必立地成佛，但我依然选择放下。

放下。如一朵莲花，打开心型的花瓣。

无为是一种为，不是一种无。就好像空不是一种无，而是一种大有。

每个人都有自身的风水。让所有的人在前面走吧，我单独留在这里，灵魂在水面下成熟。

白天开花，仿佛打开生命。夜晚闭合，像闭合一颗心。

当我放弃我认为我是谁，我就是自己的全部。

（选自《北部湾文学》2020 年第 6 期）

从此以后（外一章）

刘海潮

从此以后，叶子就蛰伏于苍茫之中，含苞的欲望突兀在树的根部。

从此以后，长发挽起，羽扇纶巾，琴弦上的音符再也不能盛开。

从此以后，机杼已断，尘缘已了，花朵隐匿于视线顶端。

从此以后，红晕渐微，狭路再逢，不知是纤指弄影，还是冤家相忘于江湖。

月，正食；

花，未开。

酒，已残；

茶，又凉。

二十圈年轮抵挡不住蛇的诱惑，抵挡不住厮守的光芒。

霓裳的桥已经搭好，海妖的歌越来越近。

握紧拳头，谁会是手心里面，最后那粒沙砾？

我还是我

嶙峋，突兀，棱角分明。

一块石头，一块没有任何规则的石头，斜横在荒郊野外，无人问津。

风，来了，又静悄悄地走了；

雨，打湿了，又晒干了；

荒草淹没了，秸秆堆满了，就连阳光也都是透过缝隙偶尔过来。

洪水，一场意外的洪水汪洋恣肆，挟裹着石头沉溺于河中。

大水流过，时湍时缓。

一天，两天；

一年，两年；

圆润，清晰，石头在水中渐渐露出纹路，岁月之痕留下的烙印，居然成为罂粟之花，灿然开放在水的深处。

（选自《大沽河》2020 年春季号）

碎片归类（外一章）

张作梗

无论如何，庄稼的脸上还保存着我们饥饿的记忆，这就是好的。——这叫薪火相传。

碎片也可以归为此类。“一个时代的碎片，整体上不会大于它的部分之和。”这好像是博尔赫斯说的。在这儿，它只是一个“象征”，一个象征的碎片，只对“象征”和象征的对象负责。

——各式各样的象征，就像各式各样的庄稼，它们养活了时代又将之敲打成碎片——游离、紧张，仿佛麦芒裹着灯火，附着于马头或马头琴之上——各取所需。

——因为时间也是碎片，无数的碎片，构成了每一个人的空间站和生命链。

现在，问题来了。问题像碎片，轮番围攻着我们。“瓜田李下”是一种纠正谬误的传统手段吗？“高山流水”呢？——十个儿童渴望得到的回答，总是被一场透明的雾阻隔。——破烂的脸色，一个被瓜分的表情城堡，十个儿童跑进跑出，成为我们欲言又止的困境。

好在无论碎片来自于种子，还是生长，庄稼那永远悲苦的脸上总是保存着我们饥饿的记忆，这就是救赎，甚至是一种圆满。——在它结满粮食的脸上，儿童们也许会找到一个全新的答案。

垂直使用词语的人

垂直使用词语的人，很少能制造出象征或隐喻的夹角。——他们垂直使用词语像正午十二点的太阳。——蜥蜴爬行的速度被缩小，或者直接被忽略。一块搁在石头上的面包，放大了旷野的饥饿。

鹰异化为温顺的鸽子，歇落在我们的衣襟上，优雅地啄食着词语（被肢解的香味儿），河流改装成一个抽屉，装满了雾和废弃的鸟叫。

面孔朝前或向后都不影响一座建筑的口感。——词语是垂直落下的，就像风用一根绳子吊起了水塔；肃穆的树木竖起了衣领。

（选自《星星·散文诗》2020 年第 3 期）

眺望田横岛（外一章）

张晓林

岁月蔚蓝。

海，静如荒原。

我在岁月这边望你，田横岛，就像审视——

一段历史……

岛上有碑，有凛然风骨；一个王朝大剧，像树，枝叶扶疏着——

一部《史记》，生猛鲜活，淋漓着春秋况味；

越过千山万水，千年万年，那些故事，那些人物，依旧鲜活如昔，

就在我们身边！

望着你，田横岛，就像在读一部青史，然后，化蝶似的，飞起，

看天下大势，你来我往，风卷云舒！

走进雄崖所

这个下午，有土地的温热，袅然上升。

雄崖所，每一块方砖，都穿着明代肤色。

此时，乡野间夏日葱茏，秋毫无犯。

没有烟火，不是要塞，它是历史，一个名字，或一个句点，一个逗号，如此，而已。

没有惊呼，没有审视的目光闪闪。一弯新月，看着剑戟如水，除此之外，无有，其他。

这个下午，很静。

年长日深，雄崖所，你体内的寒凉，想必越来越少了吧！

（选自《青海湖》2020 年第 6 期）

一个老兵的剧场（节选）

卢　静

1

五指颤抖的老人，音调却异常坚定。

一个冲锋的兵，胸脯急剧起伏。

喜极而泣的老人，十指滑翔成一只鸥，飞掠过往昔南方的木棉，北国的榴花。

小心翼翼打开立功证书，双唇翕张的老人，念不够人民功臣四个大字。

我们一起瞧！目光清晰的老人，音调陡然提高了。

叶绿素在枣树里游，梢头坠下青葱的冰旒。

远处，赫赫岩石在山脉里游，液晶在麦秆里游，又将失去界碑的麦田，镀成一层银亮的屏幕。

更远的地方，气流旋腾。

我搀扶年逾花甲的老兵，跨出门槛，坐入他最喜爱的，另一个日月悬顶的立体剧场。

2

琵琶桥边的树，依依送走了，露出微笑的红军战士。

行路难于上青天？那就像鹰一样，在横亘千年的横断山脉中点石成金。

这是一幅惊人的场景，纯亮之水，盛着比火焰还热烈燃烧的天空。一只豁口的粗瓷大碗，可曾忆起，父老送来的水有多甜？

变幻莫测的赤水急湍，可曾顿悟，潜行其中的日月的智慧？

不，比雄鹰还矫健，出奇制胜，变弱势为主动，乌江天险滚滚送行酒，打得黔地军阀一路丢烟枪。

历史可曾铭刻，一个战士梦境的底部。

落尽梧桐的寒雨，寒透了八月桂香一缕缕濡染的家乡，望月亭上白玉柱搭起十丈的高台，望断鸿雁的幺妹子，可曾捧起捷报。

可曾，听见这一曲奇绝的四渡赤水。

5

我搀扶的老兵，眼角闪烁湿漉漉的星光。

无人不在场，隔着旷野厚实的风幕，座无虚席的观众台上，你树皮卷肠胃，草根搅动我辘辘的饥肠。

若尔盖草原漂来了，泥潭一点点淹没战士的头顶。

一块块高寒草甸漂来了，暴涨的河水，游蛇无影，又冲走饥寒交迫的人。

大朵墨蓝的云，一定在浑圆的苍穹骤驰，裂变，地表才绽放闪亮的缝隙。

肆虐的风雨，一条条抽烂战士单薄的衣衫，一身铁骨却更加铮铮，为了苦难中的乡亲，任危险比夜色更深，笼罩周身。

两个紧偎的女兵，在一纵即逝的甜蜜梦乡，望见金边小野花，奔涌到大山半落天幕外的脊线。

无数昼夜后，当霞光为岷山披上七彩的波纹大氅，父老欢天喜地的锣鼓，究竟等待了亲人多久。

（选自《星星·散文诗》2020 年第 2 期）

西夏王陵的黄昏（外一章）

杨建虎

秋日黄昏，贺兰山下的旷野布满金黄的光线——

九座王陵矗立，雄浑，坚韧，靠着一个王朝的背影，静静诉说昔日的辉煌和衰落。

苍茫风雨之中，似乎能听到党项人的铁骑，自塞外哒哒而来。北方大漠，一个马上民族，遥控一段悲壮的历史！

九座王陵宛若九座金字塔，头顶蔚蓝的天空和游弋的云朵。贺兰山东麓的旷野之上，飘满了不落的传奇。

梦回西夏，那扇神秘的大门已经洞开。游牧民族的马蹄踩过万物，迁移，奔袭，突围，激烈的战争，苦难的历程，涂上苍凉、悲壮的色彩。

而当蒙古大军袭来，西夏末主李晛投降，不久后被杀害，一个短命的王朝覆灭。留下了独特的文字、陶艺等供后人玩味。

如今，漫步西夏王陵，听秋风吹过，昏黄光晕中，一段故事随风飘散……

在镇北堡

是苍茫之城——

当黄昏悄悄来临，我愿在古堡里转悠，看每一截城墙头顶无限苍凉，夕阳的余晖铺洒而来，人间的烟火不灭，作坊、酒肆、皮影、草编、泥塑、剪纸、烫画、布艺、刺绣等一起装饰古典的生活。

此刻，琴声悠扬，泪水全无。

月亮门居高洞开。

像一个戍边将领，我在黄昏的光影中巡查，古朴、原始的空旷中，有悲壮的嘶鸣自贺兰山下传来，汹涌的马蹄，踩踏苦寒的边地。

在镇北堡，我迷恋于千古传奇，月光与旷野之中，我更愿眺望一轮明月，轻轻照亮大漠、孤烟！

（选自《星星·散文诗》2020年第6期）

影子（外一章）

刘向民

空旷之后，月光倾泻。

影子倾斜，拉长身子，紧贴着地面行走，薄薄的身躯在地面上漂浮。

我看不见自己的嘴脸，只是摇晃着扭曲的模样，恍然。

（这还是自己吗？我在问自己。）

一个声音告诉我：咳，一个妄想中的你，一个失魂落魄的你。

我心中一震，虽然这只是一个意象，或者一个梦幻。

能行走的，只有灵魂。

仰　望

一个清晨，或许是一个傍晚。

一群高远的大雁飞过头顶，一路向南。

它属于自己，也属于风，穿过风，就飞向了遥远。

到达春天的路径有多远？

我的步行，总是追不上翅膀。

有时，我还要坐在地上歇息，只能在天空中寻找大雁的踪迹。

雁鸣也已经远去。

（选自《散文诗》2020 年第 1 期上半月刊）

到天上的水（外一章）

张绍民

鸟喝了大地的水，把水带到天上飞，鸟作为天空会飞的脚印，鸟里面的水，写出了天空脚印的血、汗、茶。

喷泉站起来，喷泉身上有波浪的骨骼支撑。喷泉用芦苇花一样的身材，要走回天上，虽然半途而废，但喷泉身上的水变成水蒸汽的那一部分的的确确去了天上。很多水不声不响被阳光穿上，回到了天上。因为天上有白云的子宫那么舒服的住所。

树的未来

一根打狗棍回忆自己曾经在树身上枝繁叶茂、吃过暴风雨也吃过阳光。这根打狗棍来到一个地方咬一只咬自己的恶狗，这恶狗就像伤疤到处乱贴，当地没有动词面对这狗，当地的动词都恐惧胆子小。不敢撕下这活跃的伤疤。这根打狗棍在树上作为偏旁的时候，边上的树枝都成为了火焰，温暖过。树苗的未来可能是一张床、可能是一副棺材；树苗的未来可能是硕果累累、可能是氧气蹦蹦跳跳。从树尖可以看到，树的未来是天上。鸟来到树身上，天空给树安装一颗心，一只鸟一个窟窿，鸟给树带来鸟巢的窟窿。鸟作为心，窟窿把树带到天上飞。在天上飞的树，大概就是树的未来。

（选自《星星·散文诗》2020 年第 4 期）

看不见尘世的马

赵亚东

它到底能不能看见——通往村庄那长满蒲公英的小路，路边水洼里月亮黯淡的面孔，那些飞起的蜻蜓轻薄的翅膀，袅袅升起的炊烟被风吹散时的不甘与挣扎。它是否看见了这一切？当我躺在它的背上，仰望着天空中飞翔的大雁，听见它们的长鸣，它是否也和我一样充满了莫名的悲伤。

一匹看不见尘世的马，却把整个尘世都驮在背上。它什么也看不见，但是又什么也逃不过它的眼睛。当我的母亲因为少收了一担玉米而哭泣时，它用头轻轻地撞击着她的肩膀。当我的父亲因为醉酒而在河边迷路时，它用牙齿撕扯着他的衣襟，把他带回村庄。当我因为恐惧夜晚的黑暗而在独自回家的路上颤栗时，它仰天长嘶，叫醒了所有的星星。

看不见万物的马，却以无比的悲悯，爱着它们。它独自走在田地里，四蹄从容地避开那些在风中颤栗的小苗。它独在河堤上徘徊，但是从未因此而掉进水中。它独自在雷电中穿行，但是从未被击打过胸膛。它独自在草原上行走，没有一次不叩拜我们的祖坟。它独自仰望天空，但是没有一滴雨水敲打过它的额头。

一匹看不见天地的马，却执掌着白昼与黑夜的轮回。夜深时，它独自在院子里，很少发出声音。它守望着虫蚁和默默生长的草木。它是一个看守。它是一个从不淘气的孩子。它也宽容过偷马的盗贼，当它们抓起缰绳，它只是轻轻一弹，他们就回到了尘土里。

当晴朗的一天，它拉着木制的板车，装满粮食和布匹，走在通往公社的路上，没有一片火烧云不做它耀眼的披风。它高高地扬起头颅，那闪亮的马鬃，呼啸着穿过了整个原野。我们被火焰紧紧地包裹着，温暖着，仿佛冬天再也不会来了。仿佛世间所有的烈火，都在为它燃烧。

一匹从不说话的马，一匹从不落泪的马。我们常常相对而坐。它两只干枯的眼睛，紧闭着。它很少看见谁，它也很少去看见。我相信，我的枣红色的马匹，它的眼睛只是紧紧地闭着，因为一匹马是不需要看见什么的，它把全部的人间世事都驮在背上，都装在心里，它还需要看见什么呢？很多年以后，我们在梦里有过一次重逢，它微笑着，正在我家的老屋前凝望远方。

（选自《诗潮》2020 年第 6 期）

桐　花

蔡兴乐

泡桐花开了，开在这人间的四月天。

泡桐花开了，满树满枝淡紫色的小喇叭，鲜亮地挂在老屋的前后，让这春夏之交的分水岭，仿佛一下子生动了起来。

早起的姐姐，正对镜梳妆，粉粉的脸蛋，堪比那一朵泡桐花还要妩媚。原来，她要去约会心仪的恋人。

泡桐花落了，每一朵仿佛都是无奈的叹息。

得了绝症的善祥老爹，要用这棵百年老桐树，好给自己打一口寿棺。

泡桐花落了，再也不见满树满枝淡紫色的骨朵。

我花开花落的分水岭，也再次归回本该属于它的平静。

爱与恨，都该珍视，或者予以宽恕；生与死，也要泰然处之，或坦然接受。

（选自《散文诗》2020 年第 11 期上半月刊）

饮茶（二章）

张少恩

云上饮茶

茶，挖掘出水的另外一种深意。

茶在胜利的几上等待英雄的莅临，以吐清芬之言。

君王饮酒，纵目天下，豪气干云。君王饮茶乎？茶，沉潜内敛，明心见性，以去昏聩、躁热。最益天下！

倾听茶语，慢条斯理，袅袅茶香清风徐徐，含人间之道。是非荣辱，兴衰成败茶最清楚。

茶不可不饮，犹其王者。

茶在水中，对水微言，

茶乘水而来，与英雄相叙。

茶知古今，清醒的意识在那里停泊。

茶把大地的明眸赐予觉悟的人。

茶，不玄不虚，不阴不诈，不粗不糙，不狂不野……实乃清心之物。

饮茶，凿诗渡夜

蛙声腾沸，倾喧泄噪。

推开窗，我向黑暗的池塘喊话，制止狂躁，以纯夜色。蛙声不屑。无奈，顺水推舟，就着蛙声煮普洱。窃笑自己——为求寂静，却遭逢了黑夜的锣鼓。

茶浸心脾，恍恍惚惚如醉意。哈欠连连，催我入眠。忽尔大雨又至，将我拽出梦乡，汹汹示众——接受蛙的批驳与指控。

大雨没有浇灭蛙声，却火上添油——整个身子成了过火的面积。可怜焦土的无眠。锃亮的醒锋利。

起风了，啪啪拍着窗门，如饥熊觅食。起身，开灯以壮胆，多枝的吊盏令我的倾听分叉，如马鹿转动警觉的角。

索性穿上衣服，取出纸笔，饮着温度的茶，将蛙鸣以及风声、雨声挑在笔尖……凿诗，渡无眠之夜。

（选自《海燕》2020 年第 5 期）

古铜座钟（外一章）

陈劲松

安静如一个古老的谜。

却藏着最汹涌的风暴！

我们无法遏止，无法抵挡。

我们都是它驯服的臣民。

它的体内，囚禁着暴怒的狮群。我们听不到它们粗重的呼吸，也听不到它们低沉的嘶吼和脚步声。

它的体内，囚禁着大海，我们听不到大海狂暴的涛声，但它拍击着夜晚和白天的海岸线，那细小的声响让人惊心。

它的体内，囚禁着无尽的闪电，我们在匆促中无法捕捉到哪怕最小的一朵。

闪电照亮深深的夜色，和一个人空空的恐惧。

哦，它的体内，囚禁着巨大的虚无，和谁的一声叹息：

逝者如斯夫……

我听到胸中传来的钟声

我常常听到胸中传来的钟声。

如幽深的古井传来黑色的幽灵般的水声。

如阒寂的夜色的旷野上飘落的雪。

听！

仔细些听，那些青铜的声音是簇新的，每一声，都是这个世间最干净的声音……那锃亮的，没有一丝锈迹的声音，边开放，边凋落……

身体就是我们小小的经堂，我们只对自己面壁，参悟自己。

钟声继续传来……

那颗鲜红的心脏，跳动如昔——

哦，那是上帝安放于我们体内的时钟！

（选自《格尔木》2020 年第 6 期）

旷野启示录

马亭华

11

白鹭低飞，在轻盈的黄昏下。

爱，翻开了大地的册页，我深陷在月光和真理之中，不能自拔。

古朴的山水间，湿漉漉的鸟鸣，水墨里的牧草青青，吹瘦了的芦苇，翎羽的惆怅的标本。

旷野深处，有策马奔腾而来的李白，犹如月光定格的某个片段重现。

雨霖铃的节奏，盈满我大彻大悟的山水之行。

——这清凉的山溪，弹琴的流水，带我们去精神的远方！

白云下的草药荒芜。美，在风中颤栗。寂寞的云烟，被雨水淋漓的清韵刷新了记忆。

风吹着尘世，也吹着我，我要写下春天里不朽的诗篇。让扑面而来的歌谣，犹如原野上鲜亮的旗语，在阳光的诵经声中，兀自庄重。

我的身体里装满了缓慢的敬意，白鹿的风，春天的辞令，人类诗意栖息的尘埃之所。

——钢蓝色的思想和远方。

12

旷野的灯，亮着！

云朵被诗人再一次搬运，成为诗篇内部分行的需要。

——那是一次自由的飞翔，也是一次沉重的飞翔，诗人完成了纸上的江山涅槃。

诗人，月下独酌！

这潮湿的心灵，一度成为美的漩涡。马，在诗意风暴的中心，驰骋——

故国的山河，死于宣纸装帧的切线，那些情怀，一望无垠的美，淡淡的笔墨。爬满格子的翰林，青草的光源，水的虔诚的信徒。

——这素洁的，善念之心！

槐花匝地，清雅而脱俗。

我们的信仰是蓝天，是白云，是草庐，是茶园，是洞穿岁月的一支竹笛，是风雨中的一架紫藤，是时光蓄势待发的令箭……

人生得意须尽欢！

——这并非姹紫嫣红的，又连绵不息的，纯粹的诗！

13

我在山中打坐，忘却雾霾在与阳光角力。

——这遥远的净土，近在咫尺，安放我疲惫的肉身、圣洁的歌声以及内心的浪漫主义。

每个人心里都住着一个心灵的故乡。

有瓦蓝的天空，有青青竹篱，有皎洁的月光，有红泥小炉，有沸腾的铁水壶，有莲蓬，菩提子以及哲学意味的茶盏。

有风的鼻息，有淡泊的内心；有遥远的雨意，有人生的一米阳光。

——煮沸的，正是我们内心的湖泊。

湖泊是古老的镜子，专注于打磨明月之心。

而此刻，你正被时光的风缱绻地吹拂。我的云龙湖，让那些险象环生的大鱼自由吧，让那些飞鸿的倒影，漫过我的梦境。

历代的诸神啊，在苏北传授我歌唱的秘密！

我向神摊开的掌纹里，有鸽哨阵阵，有十里桃花；有山峦的走向，有河流的梦想。

月亮湾的桃花，一遍遍轮流被月亮爱着。

——让思想者继续赶路！

（选自《散文诗》2020 年 6 月青年版）

每个失眠者都是神的牧童

洛迦·白玛

一只、两只、三只……

失眠者打开神的羊圈，羊群从冥想与默念中奔向夜的牧场。

这些被神圈养的宠物，长着夜的眼睛，夜的毛发，夜的饥渴和焦虑。

失眠者数着羊，在那些毛发与影子间纠缠不休，紧揪着未及斩断的尘世的羊尾巴。

成百上千只羊，成千上万只羊……

密密麻麻的羊把夜咬得支离破碎，支离破碎的夜在羊的身后汇成洪流。

羊群撕咬着前世种下的预言，却又被今生的隐喻吞下。

你看，吞噬者终将被吞噬，虚妄者终将被虚妄。

你看，所有的终点都将成为起点，所有的生都奔赴在死的路上。

你看，没有什么是能够紧抓住不放的。

失眠者疲惫不堪，他听不见神的低语。

失眠者弄丢了那支能从容地吹出悠扬牧歌的笛子，这让他惊慌而忧伤。

失眠者赶着羊群在天亮前消失，失眠者赶着羊群在天黑时出现。

（选自《星星·散文诗》2020年第2期）

三沙渔歌：祖宗海的心声（外一章）

倪俊宇

云天般的开阔旷远，涛啸般的浑厚苍劲。

驮着灵魂的躁动，活跃了海平线的梦幻。白鲣鸟追逐音符，翱翔于心海……

那是波峰与浪谷的旋律，那是渔火与炊烟的倾诉。

歌喉，因解缆摇橹而粗犷高昂。

一阵阵南海咸腥的风，便迎面扑来，打湿了椰影与羊角枫的葱翠。

沿着拉网的青铜胸肌的回响，你听到了么？

“万里石塘”折叠的汉唐螺号，“千里长沙”飘过的明清船谣……

伴着升帆的黝黑身影的共鸣，你看到了么？

霞光中彩贝的七彩斑斓，夕照下热带鱼的梦幻翩舞……

从沾满浪花的歌谣中，我真切地触摸到了，沙礁云水间，那一阵阵心灵呼唤祖国与家园的颤音……

哦，这声声三沙渔歌，

一波又一波，让我血管里，不断涌动起祖宗海的潮。

小岛哨所的盆花

在这不盈尺的天地间，灿烂着青春的憧憬，散发出一派祖国的春意。

小岛哨所，虽远离大陆，战士们却能闻着故乡泥土的香味。

他们说，沿着香味，你可以走进遍野杜鹃红和山村的牧笛，或走进两岸菜花黄和水乡的炊烟……

小岛上探家的战士，总不忘一件事。归岛时，都郑重地带上一包故乡的泥土、故乡的花籽。

在大盆小罐中，他们，撒下殷殷的期盼和浓浓的情意……

从此，小小 哨所，便有潇湘的紫，有岭南的红，有巴山蜀水的白，有闽南桂西的黄……

战士们说，心里贮存春天，海岛就一样有斑斓五彩。

在海风与绿叶间，你会听到，春耕时乡亲们带着汗渍的乡音叮嘱。

在阳光与花朵中，你会看见，春晖里篱门旁母亲熟悉的微笑……

在他们眼里，在小小哨所，摆着呀，一幅祖国的春天画图。

（选自《星星 . 散文诗》2020 年第 1 期）

古诗乱读

雨倾城

1

月黑见渔灯，孤光一点萤。

微微风簇浪，散作满河星。

——《舟夜书所见》查慎行（清）

一切都隐去了。

月亮，天空，两岸，我被河水与岁月反复清洗过的影子。我得停一停。忙碌的人，漂泊的人，心里住着爱的人，都该睡了吧。

河水摇荡。不可见。

小风吹——

浪花喧响在心中。

闭上眼睛，那小小的渔船上小小灯火，跳跃，沉浮，童话一样填满我黑黑的夜晚孤单的夜晚。它找到我，并取走我的心。它说，它是静，是宽敞，是我内心，从未到来的赤裸的真实。

忘掉世事。一些静落下去，散作满河，点点星光。

一点，两点，三四点……我一点一点地数，满身水气，却浑然不觉。

2

林院生夜色，西廊上纱灯。
时忆长松下，独坐一山僧。
——《寄皎师》韦应物（唐）

心如空山。

林间。小院。西廊。

生长了黑，也生长了无垠的思念与沉默。

夜色袭人。静静地坐着，放下浮生。愿望可以不大，执念可以不深。

我听见风。听见无为。听见纱灯初上，风里轻轻念出一句，“我还要重逢”。心底的喧哗，因他而起。

孤独，是他带来的吗？

没有人，在此。除了，回忆。长相忆。回忆，是饮不尽的酒。

逝者如斯。他在回忆里遥远安坐，隐忍修行。古老的松树下，成为一滴寂静的声音。

3

独坐悲双鬓，空堂欲二更。
雨中山果落，灯下草虫鸣。
——《秋夜独坐（节选）》王维（唐）

独坐，衣上沾着秋寒。

却还是坐着，任岁月汹涌，他就坐在空堂，不读书，不画画，饮酒喝茶也不。风来，就任它吹拂。雨来，就任它一滴一滴，一滴一滴，凉凉地，落，落。

直到二更。

灯下，心思难定，鬓边沁出白霜。他听闻，山果落下，草虫长鸣，山林弥漫梵音。

一个人的江山，自始至终，没有别人打扰。

一个人，有一个人的好。一个人寂寂地坐，带着一丝禅意。

拒绝红尘疼痛，纠缠，把茫茫人间之挂碍，抛了去，舍了去。空，缭绕在心里。仿佛重生。

悄无人处，他渐至了悟。

（选自《核桃源》2020 年第 4 期）

过客（外一章）

潘玉渠

加速度敲打着每一根枕木——

让目的地在自身的颤栗中渐渐失去意义。当我目送上一列火车远去，这座城市固有的浑浊、坚硬，被慢慢稀释；一幅幅平素忽略不计的场景，渐渐聚拢为一个完整的故事。

它越来越远，越来越小，在轰鸣声中由一条线压缩为一个点。每一张映在车窗上的脸，以及还未完全发育的泪水、微笑，也最终化入一己的前方。

它承载着的情节，阴晴难定，但基本与我无关。甚至，沿途的风景，可能也会忘掉它来过的印记。

人生的边际线可能也是如此：一边延展，也一边流失。

一些来来去去的脚步，轮番占据这个月台。它们认定——抵达与启程，就像两个相互咬合的齿轮，会在彼此的裂隙间填满生活的油渍。

它们组成一支喑哑而沉重的队伍，依次登上自己的入口——

成为缓缓移动的深渊。

背影

一次长途迁徙，不会搜刮掉丝毫的体重。

离站时，没有人会赖着不走，也没有人打算将旅途的劳顿呈递给异乡的城市。虽然，亲人们停驻在原地。对于很大一部分人来讲，远方的世界是五彩斑斓的，可供挥霍的梦想与未知，葱郁如林木……

反观身后，空荡荡的视野其实更让自己安心。我在心底默念一遍早安，阳光便回应以浅浅的暖色。

而在朱自清之后，一种背影便被刻在了月台上。它来自亲情，来自一种厚重而温馨的记挂。

虽然，我也曾渴望看到他的父亲的那种蹒跚背影；遇到那种父亲式的柔软与艰难——

但是更多的时候，我希望没有牵绊地远行。

不让眼泪砸出稀里哗啦的声响。

我喜欢将月台视作私属的心野，用以逡巡、冥思、打望。我喜欢月台上裸露的尘埃，它们可能来自远方，也可能将被捎向远方——

如岁月，如旅人。

（选自《星星·散文诗》2020年第2期）

角　度

朵　而

刚才那片乌云还没完全散去，又有几小块被树梢刮擦过的云从边上凑过来。它们比之前更碎也更小，彼此衔着，即便形状不同也还是相互有所牵扯。

如果时间刚刚好，天空还会出现一些橘红色块，这很像在一幅成形的画上不小心撒了胡椒粉或是一罐新的颜料，它们深浅不一，混在一堆云里。

朋友家马桶上方一整块天花板需要重新刷过，为此特意钉了一个木头箱子，便于盛放油漆。

我想了很久，未能明白刷油漆跟钉木箱是什么关系。眼前这块巨大的云也是，看上去很老练，牢牢占据一个重要位置。眼睛盯得时间久了，却发现它简简单单一个物体，只是不小心成为一块云而已。

现在，我准备原路返回。如果沿弯道一直跑，高高的铁栏杆会挡住我，那里除了条状的栏杆以及偶尔冒出来的绿色外，什么也没有。

只有昂起头，才会看到有棵巨大的树在天上，而云，不知哪去了。

（选自《诗潮》2020 年第 12 期）

播种军魂

熊元善

在生活中，我爱登山。为了童年如饥似渴的夙愿——我要登军营的山！

如今，我忍痛割爱把家乡抛在千里之外，毅然投入这春潮翻滚的军营，为的是要体验我男子汉的豪迈和铁骨铮铮，为的是厮守着这蓝色的漾着和平亮色的海岸……

开始登山，我觉得疲乏，我自卑过自强过，我怯懦过坚韧过。

后来，一个崭新的奇迹出现了——

就在我闪现着那些可叹而又可悲的意念的时候，我却不知不觉地爬上了巍峨的山巅，矗立云霄，鸟瞰浩瀚无穷的大海：听惊涛拍岸，看落日悲壮；听风雨雷电，看海燕振翅凌空……

山，她是一座无言的温柔的峥嵘；

山，他是男子汉刚健剽悍的裸露。

我体验到了一个真理：我不仅仅只是征服了一座大山，更重要的是驯服了我曾因咆哮而迷茫、因沉醉而麻木的人生……

就在我得意洋洋地鉴赏自己的时候，倏然间思索到这光秃秃的山的嶙峋，缺憾一抹绿色的点缀……

……是播下一棵相思树呢，

还是播下一株小白杨？

不！全不！

终于，我便滋长着一个不屈不挠的信念，把自己播在这山巅上，播在这裂开的山的岩石罅隙里，让她显示出勃勃生机与春意盎然……

——为此我欣喜！我自豪！

因为，我播下的不仅仅只是一颗绿色的种籽，更重要的是我植根了一株枝繁叶茂的军魂！

（选自 2020 年 4 月 23 日“文墨艺风学苑”公众号）

沿途（外一章）

耿永红

沿途，如同一部鲜活的剧本。

——青碧的草木，灰白的街道，落魄的流浪猫。它们会说话。声音低低的，独白。

人间世相，纷纭多变，若白云苍狗。

玉兰上那颗露珠，绝非昨天的。它有洁净的容貌，崭新的呼吸。

那枝栀子花，比昨天繁盛了些，它的笑容，愈发明艳动人。

昨天，我凝望了很久的一朵云，已不在原来的位置；它灵魂未灭，在另一个地方，持续洁白与轻盈。

沿途，我也是其中一部分。

我有明亮的眼，素洁的衣，有诗书可伴，常写字娱己。

清晨，当我经过一株白花夹竹桃时，我停了下来。

她们鲜活生动，每朵都不卑不亢，倾城颜色。

那么多枝桠，上面坐着诸多白裙姑娘，韶华美好。

蹲在它身边，久久凝视。有几瓣飘落在地上。像我，青春渐逝，有零落之美，也是好的。

买 菜

慢慢走着——

菜场拥挤。面色黢黑的大娘，眼里透着精明。瘸腿大叔憨笑，像棵呆头呆脑的大白菜。人丛里钻来钻去的小男孩，穿着他妈的紫衬衫。

卖鱼小贩，拎起刀，啪，把一条鱼拍晕。

青菜青，白菜白，紫菜紫，红菜红，黄菜黄。

四处叫嚷喧嚣，喊声高亢，骂声凄厉。

整个菜场，像一大锅烩饭，饺子，面条，馒头，稀粥。

一扇扇刚杀好的肉，红的白的，挂在铁钩子上，晃来晃去。

老板坐在肉摊边吃饭，呼呼噜噜，一碗蔡寨罐饺子。脸上一块一块横肉，和铁钩子上的肉相映成趣。

卖干果的女人老了，干果一样空瘪枯皱。她身边，一个带篷子的婴儿车，婴儿亮晶晶的眼，脸蛋儿上覆着细细的茸毛，青桃儿般鲜嫩。

菜叶遍地。空中飘浮着各种异味。腐烂的水果堆在路边。

空空的钱袋子。胀鼓鼓的腰包。漆黑锃亮的皮鞋慢慢踱着，劣质塑料拖鞋步履匆匆。偶然发现，一个小贩的眼神像两只空空的碗，空碗朝天。

（选自《星星·散文诗》2020 年第 11 期）

我生来就离不开河流的照耀

郭　毅

惊蛰小雷。我必须承认娘胎的颤栗，有一条河流让我清醒，让我找到追根溯源哭啼的原因。

一寸寸闪电的痉挛，所照耀的出口，是整个上午的生产。我从河流的呐喊中听到这个世界幸福的所有。他们一个个出来，多数在秋天修成正果。

而我，是唯一在惊蛰中醒悟的蛇。从那一天起，我所牵手的弟妹注定四散分离。他们属羊、属鸡、属牛……都在这条河里，沾染上流淌和迁徙。

尽管我们有许多相似之处，但因为属相不同，性格迥异；或因为前世的因，带来这世的果，才在命运中分出高低。

但我们是善良的、孝顺的、忠诚的……就像今天，我们走得再远，只要河流病了，都会不畏险阻，从远路上回来站在岸边，接受她的照耀。

她弯曲的脊背，因岁月冲撞疼痛的腰腿，所派生的异感，因为我们的孝顺和虔诚，肯服下一盅盅中药，让她的眼睛老了也是明亮的，也能看清我们的脸，交出她一生纯粹的财富。

此刻，秋霜染红，我不会因为时日渐冷，就在她的照耀中哭泣。他们也不会因为河水干涸而痛心疾首。

因为泪水再多，也换不回河流的恩情。除了一忍再忍，这条河流才会幸福着照耀我们，跟着她跑完奔流的前程。

（选自《上海诗人》2020 年第 6 期）

报之以桃（外一章）

徐 庶

作为回报，或恩赐的一种，桃实在冤啊。

并非因为有多夭，这世间有李在 ，再好的果实，都得拿来垫背。成为箧筐中，挑三拣四的理由。

成为一朵桃花，动人楚楚的话柄。

报之以桃呢？李会不会还原李花？赐会不会原谅了恩？

时间会不会谅解了慢吞吞的时针？

雨出水

让雨挤出水，会哗哗哗哗地疼。

就像：从时间里挤出黄金，从流沙中挤出尖叫，从长长的思念中挤出，关于恨的一小滴。

其实，雨裹挟雨，比雨裹挟水更难。

从铺天盖地的水中，把一滴雨，生生拔出来。仿佛在转动的经幡中，生生拔出一页空。

有时，雨裹挟人，更叫人看不清。

到底一头雾水是雨，还是水？

（选自《散文诗》2020 年第 8 期青年版）

这场雪降落时

张首滨

这场雪降落时，冷暖交织，孤寂在我心的左边。

这场雪与上一场雪没什么不同，都是白的，只有一点差异，就是那个应该来的没来。那个应该来的没来，这场雪便是空的。

空的雪只有雪，不是我要的。

我走走停停，像是在感伤，其实是在疑问：那个应该来的，怎么没来？我曾为之祈祷过的。

我一生中经历最难忘的一场雪，就是那场了。那场雪说起来也不大，但在我日子的里面，一直左一片右一片无声地落着，好像就是在落给一个人看。一颗素心，在俗世的一隅微颤。

这场雪降落时，时空弥漫，孤寂在我心的右边。

（选自《散文诗》2020 年第 1 期上半月刊）

空旷无形

何　英

开初，空旷无形，明月无形。

所有的深蓝聚集在一起。

他把手举起时，光线黯淡下来。该去问谁呢？无形之地，没有声音。一树树花举起火炬似的锦簇。

扬鞭策马的少年人，翻山越岭，穿涧越溪。

他生在苗歌飞扬的部落，与晨曦、晚云为伍，谛听鸟啼、虫鸣。过往是单曲循环，他渴望更华美的乐章、更起伏跌宕的音符，能与外界的纷繁合舞。榕树垂落错杂的枝丫，他迷失于深暗的丛林。野菌散吐浓郁气味，静悄悄地腐烂，孢子随风，飘向远方。无穷尽的树用绿波拥抱着他，让他攀援而上，以俯瞰的姿态，面对大地。遥远的城市，哪一盏，是属于他的灯火？

父辈居于此，安于此。这策马扬鞭的少年，仰望星空，夜不能寐。

（选自《散文诗》2020年第10期上半月刊）

站立的铁（外一章）

李　凌

在雪地，光秃秃的树，就像站立的铁。
麻雀蹲在枝芽上，风一吹，就滚出两行冰凉的沙粒。

一条路，阳光之影，就像人生的坦途。
而一地的虚词中，枯草是唯一的站立者。

此刻，大地进入肤浅的冬眠。
寒冷的雪地里，冻不死的是深处的根。
它们咬紧牙关，不肯轻易就交出
交出那些深藏于地下的，萌发春天的薪火。

草叶宁静

寒露。草叶顶一头白发。
身影越来越孤单。
而晨光像草叶一样宁静。

一枚月亮的吻痕，吟唱着昨夜的忧伤。
而那些细若游丝的絮语，充盈着旷野的隐忍。

时间始终停不下来。
枝蔓上摇曳的干果，被风抽去了青涩和记忆，
一群鸟飞来飞去，它们搬运过冬的口粮，
也搬弄尘世的是非。

（选自《伊犁河》2020 年第 1 期）

夜晚，树下

李　成

有时生命的瞬间也是难忘的，甚至会牢牢地记住一辈子。你也说不出理由……

命运把我抛到一个小镇，虽然离家不过四十里地，可也是陌生的地方。我一待三年，许多许多事情都忘记了，却始终记得那一晚，在树下……

这是一座校园，我在这里当教师，可在我心里，我觉得自己仍是一名学生。我跟我的学生们相处得也很好，因为我没有把自己当老师，而是他们的兄弟，心与心之间不过只隔着一道随时可以打开的篱笆。

但那一年，人间在动荡。几乎所有的城市都喧腾起来，仿佛整个大海都奔腾着波浪。而在这波浪上颠簸的那艘巨轮自然也在阵颤和摆动起来。它会怎样？它会沉没还是改变航向？一切不得而知，而这正是所有人的焦虑。

日常生活照旧进行。我所在的小镇仿佛世外桃源，外界的波浪并没有实质性的冲击。人们只是遥遥地注念。而我这个刚被大海摒弃在沙滩上的一只贝，也只能忍受着干渴，却也无力游回碧波。

我每天紧守在宿舍如坐在井底。我无处可去，甚至不能多在同事那儿停留，因为他们都有家有室。我哪怕去找他们，也只站在门口，简单地说几句就走。

而那一夜，或许正是如此，我在某个同事家说了几句话就返回校园小径上。这时，我发现夜空变得一片漆黑，简直是我一生中所经历的最黑最黑的夜，刚才还有星星把天空映成一片幽蓝，现在连一颗星星也不见了，只有墨汁瓶翻倒在宣纸上一般，夜色在铺展、渗透，越来越浓重。我终于翻进墨水瓶里了，我想。即便在熟悉的校园里，我竟然也有些恐慌，因为所有的小道都消失了，我孤立无援，我不敢往前，我怕小径上的树枝划破我的脸刺瞎我的眼。我不能贸然行动，我只能站立着，一边与恐惧在作斗争，一边在等待。不知过了多久，天空的云丛里已隐隐出现了闪电，雷霆随之而来。我不辨东西地乱走，忽然走到了空旷处，闪电让我看见了一棵树，它沉静地立在离一座厕所不远的地方，而厕所的灯光早已熄灭了。因为偏僻，所以也没人去管。我正好内急，看看阒寂无人，便顾不得许多，就在树下解决了。闪电一次比一次明亮，照亮了一大簇绿色的树叶，我看见那树叶是如此碧绿，它们一动不动，仿佛正在经历一个非常时刻；闪电中，一颗又一颗饱满的雨珠从夜空擦着树叶或穿过叶缝亮亮地落下来，一闪即逝。在这一刻，我觉得天与地那么近，天与地终于有了联通，而校园简直就都消失了，一切都消失了，天地间只剩下这一棵树，只剩下一个我。我从所未有地感到了孤单。我仿佛来到了诺亚方舟上，这棵树既是方舟的桅杆，又是我的伙伴，我们在无尽的黑暗中航行，冲波逆浪……

（原载 2020 年 10 月 31 日《中国财经报》）

落花辞

白炳安

心里没有花，就没有对花朵的念想，也不知道落花的滋味。

那个下午，树林里的一只飞鸟唱出一曲阳光。

我去过那树林，在那里，看到的花剩下两三朵，在枝头支撑着瘦弱的身体。

突然吹来的风，刮出一个枝丫的空寂，吹出一朵花憔悴的脸。

风声带出一个小落物。轻轻的，填着泥土的那个空白处。

我感知到一棵树的疼痛，是一朵花的离去。

一朵在枝头坚守到最后的花，熬过那么多的凄风苦雨，逝去，丢下那么多的叶子在枝丫。

此刻，一朵花安躺于地，暗香残留。

那个过路的人不看一眼，而我想到花朵以外的东西，多看了它一眼，却惆怅起来。

（选自《北海日报》2020 年 5 月 19 日副刊）

体内的世界

散　皮

这个夜晚，火车或者推动火车的声音不断走近，又不断走远。就像夜晚不断向深处、更深处走去。

这个夜晚，心里或者住在心里不断敲打墙壁的动物，又不断轻敲着墙壁。就像灯光不断敲打着天空，天空却向更远处退去。

那片星星点点漏出白光的天空，是被什么敲打，被什么撕下暗黑的壁纸，逼出了为数不多的光呢？

我不敢把夜晚叫到屋里。

我不敢为敲打墙壁的动物，打开房门，用心把她锁住，锁住向外部挣扎的力量。夜晚多么清凉，温柔如蚕丝。

何时凿壁而光照于世？

让我看见楼房的巍峨以及时光投放的越来越长的影子。

让我聆听夜晚的城市匍匐在月光下，以低沉的声音自语。

让我回忆白天，并沿着白天的皱纹，找寻阳光的尽头。

让我瞭望明天，那第一朵露珠，从什么时候开始暗自凝结，映出一个黎明。

让我把愤怒，把烦躁，把羁绊，把浮云，把灰尘，把欲望，把迷惑，统统放逐。

她柔软如蚕丝。

透过心灵之窗，她一定暗暗让我看见，让我听见，让我感觉，让我想象。永远用一双不同的眼睛、不同的耳朵、不同的手指，以及只有她才能赋予的涵义。

只有这时，我才从内部看到外面的世界：一个不需要阳光和阳光铺陈的疆域。

（选自《散文诗》2020 年第 8 期上半月刊）

伤痛，墙上的羊头骨

徐甲子

白骨是否已燃起火焰？伤痛是否被压隐心头？干涸的血是否呈现出红色？苦难的灵魂是否放射出冷艳的光芒？

我的皮肤在燃烧，热血膨胀。烛，这人为的物，如惨遭欺凌的女子，手无寸铁，以泪洗心。

光芒在照亮好人的同时，有时也照亮强盗。是谁教会我以烈火燃烧自己的皮肤？面对暗藏凶器的朋友，强盗已无关紧要！

洁白的墙上，挂着一颗羊的颅骨。现在是傍晚时分，一只小羊正在归家——

整整一个下午，我与你对视。我把你挂在墙上，在我写作的时候，你总是与我对视。你在墙上，我在地上，你是我仰目所及的唯一之物……

此刻，你注视着我的一举一动。当我的目光投向窗外的草地，我仿佛看见小羊眼里盈着泪光……

（选自《散文诗》2020年第6期上半月刊）

二贤祠

许泽夫

好一个护国寺，飞檐翘角，庄严整肃。

好一对石狮，嘉庆年间，吏部尚书的至爱之物，历两百年风雨，依然栩栩如生。

好一只“仙人足印”，哪一位仙人踏石留痕，没留下姓名却留下美好的传说。

而护国寺，比这两件镇寺之宝更珍贵的是二贤祠。

司农少卿朱寿昌，弃官千里寻母，母子分离五十年后得以重逢。每逢雷雨天，他将一把伞撑在母亲的坟头，守护怕雷声的母亲。苍天有眼，孝子长成了一棵松柏，永远陪伴母亲。

秦栏人朱寿昌，天长人的楷模。

而我的乡亲包拯，一个外乡人，景佑三年的天长知县，明察暗访，处理积案，治理川道，灌溉良田……

二贤祠内两个圣贤之人，一个为国尽忠，一个为母尽孝。

老百姓的眼是雪亮的，辨得了忠奸，断得了是非。

老百姓的心是滚热的，把老百姓装在心里的人，老百姓将他捧得高高，并口口相传，供奉香火。

二贤祠，一本打开的教科书，封面是国，封底是家，而浩繁的内文，是绵绵不断的家国情怀。

（选自《新安晚报》2020 年 10 月 13 日）

我想起一只飞翔的耳朵

读梵高画作《啤酒杯和水果》

宋春来

静物，静得像黄昏。那只立在水果间的啤酒杯，啤酒杯上高高的把手，那是一只耳朵吗？它在倾听吗？倾听黄昏的孤独？倾听秋天的炽烈？

这些苹果，这些梨子，它们已经远离了枝头，远离了蛙鸣，远离了露水，现在它们正默默地坐在桌面上，仿佛四周的暮色和寂寞已充满了的内心。

几口啤酒下肚之后，这些静默的水果，哪一只首先会被拿起，由此，最先感受到刀锋的锐利？

我想起金灿灿的秋野，想起燃烧的向日葵，想起烈焰中一只飞翔的耳朵……

（选自《散文诗》2020 年第 2 期上半月版）

六辑
青春之翼

青春的力量（外二章）

王芬霞

青春是五月的鲜花。花朵怒放，花香袭人。

每朵花，都在孕育香甜的果实。

青春的爆发，不仅仅是烂漫的花海，还有挺起腰杆的麦苗，还有向上拔节的稻谷。青春的力量，托举起所有的希望与美好。

青春洋溢着朝霞的色彩，一如摄影师捕捉到的，系着红纱巾的少女在林间晨跑。一团火焰的奔跑亦会点亮朝霞。

树叶上，草尖上，都滚动着青春的露珠。

枝头婉转的鸟鸣，声声为你加油。

青春是十八岁的小伙。虽然脸上还透着幼稚，心中却有了五彩的梦想。站在故乡的高坡，总在遥望远处的白云，心中充满了对星空的幻想。走向远方，一如故乡的小河汇入了大海。

青春的歌，总在时空的皱褶中传来回音。青春的小舟，总在激流峡谷中破浪穿行。青春的力量，会摆脱一切羁绊奋力向上。

青春是天边搭起的那座彩虹，那是风雨过后的壮丽。

当我捧读你的时候

当我捧读你的时候，我嗅到了你的芳香。我的心有点颤抖，我已经不能没有你。

你与空气、水一样，都是身体的养分。

字字珠玑，敲击着我的灵魂。

甲骨文是你最初的容颜，竹简透露你成熟的风韵，纸本自东汉伴你一路走来，像秦砖般嵌入图书馆的书架。

即便在暗夜，也闪耀着智慧的光芒。

开卷有益，在书海中畅游；穿越时空，与古人对话。识诸子百家学术，聆先贤圣哲教诲。更有无数文人骚客挥袖长吟，余音袅袅，空谷幽幽。

在孤独寂寞的时候，与你对话，如听到了黄钟大吕，瓦釜雷鸣；在消沉时与你对话，如看到了刚毅坚卓、发愤图强的君子；在失败时与你对话，如看到了愈挫愈勇、百折不挠的勇士。

与你的对话，这样亲近。你流进了我的心田，我的血液变得通畅。

如今你栖身于信息化平台，方寸之芯片，容浩繁之卷帙。轻动鼠标，省去了图书馆的查阅，阅读变得更加简单。对着屏幕，我情不自禁地读出声来。

回望走过的每一步，都有你的陪伴，都有你给我的智慧、高贵乃至奢华。读你，你是那般深奥，我总是一知半解。

星星河

你荡我摇，小船载满惆怅。
天空忧郁的蓝，铺开了我寂寞的背景。

海天茫茫。星河无边。
小舟，孤独得钓不起一缕星光。

掬一捧河水，清洗自己的灵魂。
我怕我的孤独，被星光打扰。

摇呀摇，把那些化不开的心事，摆渡到天边。
让星星，竖起耳朵。

在这大河的深处，我能否听到星星的回音。

（选自《兰州日报》2020 年 5 月 12 日）

乌伦古湖散章

薛　菲

一

准噶尔盆地北，灌木丛中的蓝，生水草，鸟，鱼，光明涌动，高擎阿尔泰神山。

帽檐下，英俊的红脸膛哈萨克，讲述乌伦古湖中贝加尔雅罗鱼、东方真鳊、圆腹雅罗鱼、银鲫。它们同住一个蔚蓝小区。

时空交织，鹰做守护人。冰雪旅游迎接远方来客，逢冬捕，湖如莽莽冰雪草原，渔民冰钏凿冰，一千米拉网，缓缓穿过白色真空，下网收网，五小时左右，伴随绞网机隆隆的声响，鱼如骏马嘶鸣，打破万里宁静。

大拉网，如地下河徐徐露出，狗鱼、鲢鱼、鲤鱼扁花鱼在网内，如新鲜的时间，翻腾。

二

秘密深陷，蓝色系住天空，澎湃教我认知万物。

湖承担茫茫戈壁的交通运输：风。流沙。月亮。尘埃。雨水。

湖供旅游、休憩、疗养，如大树上的果子，摘不光的。

为了合理使用，政府定期休渔。

蓝色平静，是因尊重了自然的规律。

三

大风呼啸。我坐着，在封闭的开阔中。

水下细沙点点，是我以往渺小的固执。

血管里有天生的雪与火，眼底流淌深蓝，身心皆坐在一张塑料啤酒桌前。像湖水，耐心地发送细浪的消息，不掠夺，也避免用多余的语言，给寂静增添负担。

大风呼啸。我的心在唱歌，谢谢乌伦古湖，给我必要的大风，反观，修复，疗愈，与一湖水共同生息，将蔚蓝的清冽，引入良性循环。

四

在阿勒泰的哈萨克，灵魂里有海。

黄昏，我到一户人家投宿，自然而然，把肩上的风，拂入悠扬牧歌。

被肉汤滚烫的芬芳熏陶，一碗奶茶之后，我会彻底安静，我接受命运。至于门外的秋天，还有隐藏的消息，都将回到湖底。

五

第四纪晚期的凹陷，浓缩为湖，额尔齐斯河像宽厚的兄长陪伴。

风喜欢停在最平静的驿站，以海与福海鱼的名节要求自我。

布伦托海，吉力湖两兄弟组合，河口苇丛茂密，苍苍杂草野生，野鸭、海鸥、白天鹅的声带中，我看见，湖水打开纯洁的呼吸。

六

鱼类是虔诚的朝圣者，吞吐中，掀起水面的波纹，填平了戈壁，海底坡降平缓，湖水清澈见底，10 公里的银色沙滩，云的欢愉，冲浪、滑板、划船，游泳，鸟，回忆这一切，回忆如翅膀般亲切。

阿尔泰山投下金灿灿的光芒，被乌伦古湖的银碗盛放。

（选自《西部》2020 年第 5 期）

闪电记

霍楠楠

想要一朵朵地认识她们，闪电，一而再地探出它雷霆般的身子，照亮这许许多多的滚珠，落入池塘的银盘。

和着雷声的鼓点欢快地跳跃着。

这么多雨珠的精灵，是闪电的姐妹和先声部队，一次次唱出那么多明亮以及耀眼的光彩，哪怕只有一瞬，也能够照亮那些熟睡中的面孔，唤醒诗人为之一振的灵感。

采几道光束为酣梦的夜路指引，划过彼岸的舟楫，为蔽人风雨的屋顶装饰起一片银光。

比月光稍亮些，比阳光稍暗些，却已是泅渡中的彩虹，苦旅的钟声。

点燃，它就是引线的火花；拯救，它就是黎明的晨曦。

这列向前的火车，呼啸着迎接春天的合鸣，在某个方向，音符纷纷扭动变形。时而强弱分明，时而激扬澎湃，时而婉转轻灵。

时空倒转，许多感伤的文字留下来，在天空更高处，内海的波动，堆积出大片的云层，更多的落叶，幽深的庭院。

恍若昨日远离的人群，模糊的面容。和云层之后的安静。

此时万籁俱静。

又一个休止符出现，人们抬头望天。

（选自《上海诗人》2020 年第 4 期）

明月几时有（外二章）

马东旭

这一夜，我在托格拉艾日克。

迎迓月光。

布满了整个世界。月神浸透于万物，无论不义，还是身患麻风病的人。我的体内长出十万座尖顶生辉，弯向最美的故地东平原。父亲如往昔摆好了碗筷，静悄悄的。

他守着他和他们的孤单。

他守着他和他们的宁静。

团圆桌上，空空如也的位子是一个忧伤的裂口，等待远方的儿子把它抹平。父亲没有哲语，也没有辞令，但他有无限的怀想和嘱咐。

月光照着故乡的我，也照着异乡的我，兀自站立于西域边塞的苍茫和辽阔。这一夜，不应有恨，因月神如大鸟栖落在我精神的尖顶。

偶　得

尘土，无足轻重。

把我们隐于幽远。

它是我们通向天堂的唯一的门。尘土是门。在央塔贝克什，没有古人，也不见来者。我孤独地唱着黄金般的赞美诗，但并不孤独。每唱颂一句，肉身就长出一副十字架，飞出一只白鸽。它非常圣洁。

哦，果子挂满了枝头，是神的恩泽。

时间虚构的我的生命。

满怀感激。北方的兄弟啊，其实我们是赞美诗中的一个个音符，闪着飘柔的辉光。

穿过雨幕

我看见了树上的神。

我看见烟火是静谧乡村的一部分。我看见摇曳的果实闪现在苹果树的枝头。穿过雨幕，我仿佛穿过清晰的伊甸园，谛听圣乐。此时，雨水在草缮的屋顶歌唱。我不讨论粗鄙的屋顶，我只赞叹我们活在神的庇佑里。在恩泽的土地上，播种麦子，是一种至真的欢愉。

隐于东平原，更多的时候我练习禅定。

但不关心人类。

因人类是人类自己多余的渣滓。

（选自诗集《父亲的黄岗镇》，
河南文艺出版社 2020 年 5 月版）

断想（外一章）

柏　坚

把春天的消息送给恋人。让每扇窗口都打开，面向阳光。给每一个穷人希望和祝福。

梦境里星光照亮黑夜。事物和我之间，建立了美好关系。

我养了无数的飞鸟，把它们放养在自由的天空。

让孩子们学会善良，用微笑面对世界，远离暴力和战争。

把生命的苦埋在心里。

那写在纸上的未必不朽，那烙在内心的却将永恒。

烟　花

美好是从你开始的。

要做到平静，如溪水从容。像秋天的果子，给人甜。

这些年，努力做一个好人。在漫漫星空下，我答应你，我们婚后的字典里，只有丧偶，没有离异。

一个人的爱是有限的。

怀着这样的爱，暗合着微甜的惊心，你要把我的骨灰，也点燃了——放成满天黑夜，迷幻明亮的烟火。

（选自《锦溪》杂志2020年第3期）

旅行与陌生人（外一章）

戴潍娜

一个人去巴黎旅行，活着全靠陌生人的善良。机场出来忘记带现金，慷慨的陌生人查一查汇率就帮我兑了；本来只是在街头问路，好心的陌生人竟一路送到巴黎圣母院；塞纳河畔穿过桥洞，一个抬头，桥上放学的中学生们热烈地招手，我也招手回敬……陌生人的善意格外动人。旅行的经历让我对于人与人之间瞬间建立起来的信任、友谊和善意重拾信心。

照妖镜

面对镜子的宣判，我对自己身体爱惜中掺杂了不服；我还没有掌握“变老的艺术”。时间和年岁在我的心里恒定。大概没有人陷得如此之深，相信自己要活上一千岁。而我就是这样想的，一百岁不是人族的正常状态。

（选自《星星·散文诗》2020 年第 3 期）

黄昏，一只鹤（外一章）

梦　阳

那一刻，所有的草都肃立。

一只洁白的鹤，倏地抵临。

苍苍的蒹葭上，闪烁着波澜的光芒。被风梳理过的羽毛，无意间完成了美的布道。

瞬息，浮躁远去。仰望的目光，纯澈无比。

阳光，一寸寸薄下去。

那只鹤，站在河边水域的橘红色里，一如沉睡千年的石头，任由黄昏不动声色地，轻轻撩拨。

隔着水，我们对望着。什么都可以想，什么都可以不想。

河水醒着抑或睡着，都已无关紧要。

古　堡

狂风。沙砾。

大戈壁里，谁的歌声响起？

谁的背影，灌满长风，胡杨一般肃立？

马头琴琴声呜咽，褐色的石头无语。

古堡，对视着夕阳，牢牢守住秘密

（选自《天山时报》2020 年 12 月 19 日）

书写者（外一章）

梦　璇

暗影里，修剪过的草屑在飞。一只撞上玻璃的鸟

我留下了。你看，窗台的佛手托金，又开出新花

穿着棉布衣，笔画清晰：草的梦，是绿的；鸟的梦，是活的；花的梦，是新鲜的

我，看似不知悲欢。请允许我这样描述：

一方院落，落满星光。一亩良田，麦花涌来。一个扎辫子的女孩在树上，还有个接枣的少年

最好不要有风。不惑之年，有些遗憾会

呼啸而出

躬身的人

剔掉身体里的钉子。活着的人，他们的骨头，被风吹走。

时间霍霍。行吟者，慢慢走着——

手里的烟火，埋首于越来越深的河

他们，不打手语

说着人间的话

花朵，有自己的天空。

各有各的结构和布局。星空，繁育了众生。最瘦最小的我们，都有自己的孩子。

春藤和燕雀，都在守望。我们，本该在这花开的日子相见。沉默，如骨血

一滴一滴

苍老的修辞，没有刃口。此刻的芬芳

亦如伤感，亦如迷茫

（选自《鸭绿江·华夏诗歌》2020 年第 7 期）

一只鸟飞走了（外一章）

梦天岚

一只鸟飞走了，我认出那是一只白头翁。

这么冷的天，即便是有翅膀，我也不会飞走。

要不要把年嘉湖也一起带走？它频频回旋，很快，它发现这个想法是多么不自量力。

它飞起的时候，扇动的翅膀像快要熄灭的火焰。它的鸣叫，徒劳而忧伤，这有点不像它。可以肯定的是，它不是昨晚在寒风中呼号的那一只。相对于呼号，它的鸣叫里缺少的是懊悔和绝望。

我了解它，总是想在纷乱中确定什么。可这次它的确定变得有点艰难，一定是有什么让它难以取舍。而那远方，一定有它曾经错失过的时光在等着它。我确定它必定会离开这里，离开之后必定不会再飞回来。正是因为这样，它既怀着一种急迫的心情，又飞得有点缓慢。偌大的天空，它是那样细小，细小得像凝在针尖上的刺痛。

它终究还是飞走了，不像曾经的我，一个羽翼渐丰的人，哪怕是逆着风飞翔，也是快乐的。属于我的快乐总是如此短暂，而更多的爱是靠不住的，总逃离不了被割舍的命运。每当感到懊悔和绝望的时候，我却愈加沉默。

天高地远，它会飞向何处？当我这样问，是在暗暗庆幸自己留了下来。而对于一只飞走的鸟，我便是它留下的一片空白。不关乎记忆，也不关乎未来。

湖的量词

在面对年嘉湖时，我有意避免用一个量词去表达它的存在。以前只是一种无意识的行为，这样的次数一多，就难免会认真地思考其中的缘由。

一个，一片，一湾，一泓……

放在湖的前面，好像都不够准确。

个，过于随意，当人们不知道如何用一个量词来表达时，个，便成了万能量词。一个湖，念起来总感觉有点别扭。

“片”，表述的似乎只是湖的一个局部。

“湾”和“泓”，与“片”大致也差不多，出于形象思维的惯性，总感觉这几个量词都不能代表湖的全部。

汉语的丰富性在面对湖时多少有点词穷的尴尬。

相比较而言，既然没有一个特定的量词，也只有用“个”来表述。

一个湖，还有比一个湖更准确的表述吗？

应该是有的，只是词穷的不是汉语，是想象的缺失。

如果湖是安静的兔子，那它就是一只；如果湖是玻璃的镜子，那它就是一面；如果湖是不小心掉在地上的冰凉月光，那它就是一轮；如果它是一座城市用来呼吸的肺，那它就是一叶……

如果我的想象足够丰富，似乎任何量词都可以与之匹配。

当一个年嘉湖出现在我的面前时，有时我会想到那是一群，各种各样的湖，它们纠缠到一起，相互谩骂、厮打、和解、拥抱，最终亲密地合为一体。

只是它还是它——年嘉湖，一个，也是唯一的一个。就如同我，我也是一个，汇入人群中可以甘于平庸而不被认出，也可以在黑色的沉静中捧出天空一样的蔚蓝。

可有时，我并非一个，也是一群。

（选自《散文诗》2020年第8期上半月刊）

候鸟（外一章）

米　心

所以你遗忘的并不是生活，而是眼帘上的一只斑斓蝴蝶。别垂头丧气，我的朋友。我见过春天，在那条大道，停车场旁边，电线杆上。

一只南方候鸟这样说过。

兴许是那种蓝

这个家乡，兴许是那种蓝。对生命的怀疑，造物主是洁白的蓝。秘密曾经是嘴唇的水域，这样绕着我们的大海。哦,“爱丽沙”，明天就去墨西哥。

那里的牛仔举着枪，那里的野牛在发疯，在繁殖。

窗外仰着羽毛鸟的过往与哀伤。兴许是那种蓝，在指引它们回家。久望着，我和“爱丽沙”都显得很快乐。有一种苹果树开花了的喜悦。

（选自《散文诗》2020 年第 3 期上半月刊）

在一首诗里安静立冬

年微漾

1

今年的秋天，来得比以往仓促了一些，几场台风刚过，气温便骤然下降。有天傍晚，我关上窗户，发现天竟过早地黑了。窗外华灯初上，行人神色匆匆，多像个借来的夜晚，美得令人惶恐。那时，一大把落叶在空中流离，昔日种下树木的人群，如今都在顺从地老去；树叶经过他们的发际、眼睑、腰身和脚踵，仿佛谢幕的舞步，流畅而又决绝。他们是否被吸引了注意力，是否能理解这种残酷的安慰？

我于是想到要给自己写一首诗：取出纸笔，忘掉修辞，只聆听笔尖在白纸上走动的跫音，如朗朗明月，照潺潺溪流。“2006年，我们见字如面……”横撇竖捺，随心而行，随性而止，全在意气之间；题额封缄，寄往北方，邮向南国，也只凭一时畅快。确信无疑的是，将一首诗寄出，有多少个地址，便有多少个自己，在多少个地方，击掌和鸣。呵，大好！

只是如今，那些被束之高阁的少年情怀，正如这2018年的秋天，恐怕就要这样永久地逝去了，如同一阵风消失在过去漫长的岁月里。

2

黄昏过后，通往海边的道路越来越窄，除了稀微的往来车辆，再难找到多余的人烟。我们小心翼翼地踩在碎石上，从中翻捡零星的渔火，用以砍去黑夜的藩篱，然后在逼仄的光巷中跻身前行。鞋底和石子在摩擦后，发出了同样清亮的声音。好几次我们都以为自己就要陷进去了，却又总能及时抽离。偶尔，还听到一些贝壳在身下破碎，“咔嚓”，似乎是牡蛎、海蛏、扇贝、苦螺，又或是其他什么叫不出名的生物。总之，那回响尖锐而直接，不时打破一以贯之的重复，也将此前的侥幸迅速转变为内疚。

我们去看海，正如它们来到陆地，不辞辛苦，背井离乡，结局也是祸福未卜。我们何故如此？远方像一颗种子，在心底萌芽，只好顺着它的藤蔓向前攀援，名之“远归”。事实上，现实的故乡与臆想的故乡早已合围，圈养着人们前赴后继的一生。

一个项目组抵达了这里，填海造田，想要一番作为。这是后来的事。工人们来自遥远的省份，初次看到海洋的大有人在。很快，堤岸上竖起围墙，墙上刷满鲜红的标语。字自然都是认得的，只是以他们的方言念出，多少显得陌生。我们沿循旧途往海边走去，很快便被发现并阻止，理由是这一段路正在施工。

我们远归不成，还从主人变成了不速之客，最终也只能原路返回。

（选自《星星·散文诗》2020 年第 2 期）

彼　时（外一章）

小　葱

阳光一寸寸吻下来，透过叶子的罅隙，由浅及深。

人世之美，从左眼看见光，开始。

左眼，通灵；右眼，顿悟。

左眼望去，光影斑驳，紫薇带着宿命的色彩，或纯白，或浅紫，或娇粉，或深红，拥挤得有些啰嗦。

右眼望去，枝头的木槿，花瓣有丝绸褶皱的质感，无规矩，又性情，率真宛如山间云。

我看见的欢乐，多与忧伤同在，有光必有阴影处，有花必有凋零时。

比如人间情爱，抵达顶点之后，便会下沉。

比如有人敏感偏执，删了微信。

比如我们，在六月的缓慢中，消耗着，磨损着，揣测着，幽怨着。

无非是慢一些，再慢一些。

通透和敞开。静默与沉思。哦，那最温柔的坚持。

雨　夜

墙纸上的叶子，像尘世中英雄的浮雕，悬空而立。

我困在积云的房间，记忆开始漏雨，这么多雨，复数和单数的，相同又不同，收进耳朵，滴答滴答。

时间无声的刀锋下，对着黑暗数羊，数星星，用诗句制造流星雨。

时光把人抛，少女江湖老。

七成人在梦里，二成人在做梦的路上，剩下的在清醒中老去。

眼睫毛像灰色的蛾翅。

我们皆是飞蛾，亦是火焰。

在黑暗的角落，有一个神安排的小天使在值夜班。

此刻，没有什么修辞，可形容伟大的理想。

我写过的诗，寂寞如野中蔓草。

（选自《散文诗》2020 年第 3 期上半月刊）

看不见的倾听者

纳　兰

爱的餐桌

仿佛一支画笔就可以完成创世纪。

我还记得画中的纸飞机将要起飞，大提琴将要开口说话。

你身体的餐桌摆满了香瓜、葡萄、樱桃、猕猴桃、草莓、车厘子，蜜柚和蜜饯。

我依次吃掉，还有一个吃不掉的你。

我们彼此享用。

我想作为一个意念，被你重新诞下。

象征交换

含羞草、百里香、佛肚树，

仿佛这不是一个称谓或名词，而是一种被小件寄存、防止遗失的品性。

就像丁香，唤醒一场芬芳的相遇。就像喜鹊，传递佳音。

在等价交换取代象征交换的年代，虚假需求和能指的剩余使人获得了虚假的满足。

从芦苇身上榨取诗意和哲学之魅的人

他的布鞋

已被青草里的露水打湿。

（选自《星星·散文诗》2020 年第 2 期）

听海（外一章）

邱雨秋

听海，海不语。像在人间吗？对话多于发音。

鸟鸣杀戮的战场。云，绣在天上，或浮在水上，都表示了敬畏。

谁愿意在三月，听到秋虫滥竽充数的声音？

匆忙的人，万千精灵，大地包括水族，再经不起水到渠成的抚恤了。

跟着小溪，会发现，大海是一个不动声色的男子。

渔网漏掉的光阴，足够再发百遍誓言。

半个月亮掉下来。谁也不承认偷啃过。

哗啦一声，舱中干杯的人，被杯中诗仙醉摘的星辰，咯掉门牙，告辞的话，也没说清。

别以为这面镜子，坚不可摧。一束灯光，揭露出心中的黑暗。却换了个词——深沉。前来讨债的人，舍不得用余生的谎言签字画押。

海，阻止了波浪磨牙的小动作。春风起了。

海，听到了一个人在岸边抛弃的叹息。

退　潮

退避三舍。目测，离岸十个村落。

大海卷走的细软，粘在礁石上，海草尽心抹掉证词。鸥鸟辩解的话，云收了去，列入教科书。

无所事事的风，溜进贝壳的空巢，寻找桃花的话题。

天空，被谁扇了一记耳光，一边腮肿着，任由远山托着。

突突突切割镜面的木船，参与远方一处工程的招投标。静下来的海滩，在次卧接待几位城里来的客人。

窗帘也未拉上。

云，压低远处的高楼。海蛎子坚守海浪撤退的尊严，裸露的气息，灌满初春的海岸。

岸上偷拍的人，内心一慌张，一块鹅卵石落了地。

稳操胜券的一张网，罩住阳光的牙齿。

前，后，左，右，布满嫁接的眼睛。

拎着自己漂洗后的骨头，月出前赶回城市。

（选自《星星·散文诗》2020 年第 3 期）

闲居偶得（节选）

曹　雷

1

在旅人眼里，每一个岛屿都是大海身上的亲情补丁，是谁？用扯不断的视线在缝纫？

2

找不回失踪的钥匙，你跨不进自家的门槛；干不了这杯醇酒，你拿什么记住自己的来处，为灵魂引路。

4

风是踩着树梢走的，那些具体的细节，不断在路上失散，就像无家可归的枯叶，在秋天的注视下遍地流浪。

6

坐在自己的影子里，孤独散发出特有的气息，彼时，我刚收拢受惊的羽，你也停下了奔跑的蹄。

时光经天纬地的巨网里，我们相互重叠的这部分，此时又一点一点被移去。

9

雪一直下着，大地的苍凉，被捂进了柔和的棉被。

万籁俱寂。在记忆中点亮烛火的人，身后堆积起前世的枯叶。

是呵，从童年到暮年，中间一座桥，过了，风声才会慢慢平息。

雪呀，就要彻底染白一个人孤独的冬眠了！

11

扶不起来了，那座千年石桥的倒影。

一盏又一盏桅灯在昨夜的梦海里溺灭，出水的桨眼泪嘀嗒，涟漪散开，水面布满时间的裂痕。

缝补，潜泳的鱼，从下游到上游，似在穿针引线。

18

大地返青，一粒嫩芽从石缝里探出身来；破茧成蝶，自由的舞姿也要在万紫千红中完成抒情。

哦，做一个心怀春光的人，走出寒夜，就看到了草长莺飞。

20

给了我沉浮，但不会给我深渊，给了我坎坷，从不会给我绝路。

这一片丘陵，这一条江——

用满坡高粱的火红，两岸菜花的金黄，五月石榴和四季鸟鸣，给了我身世，也给了我归宿。

给不了我高山显赫，也给不了我大海浩荡。

却给了我一生的丰盈和安稳。

（选自《星星·散文诗》2020 年第 10 期）

一朵花的疼痛（外一章）

王小玲

总能从一朵花里闻到你的香息。

这个春天，我热衷于每一朵花的绽放。

这个春天，我看到的每一朵花都与你有关。

我迎着风唱情歌，追着蝴蝶说热爱。直到蝴蝶栖上我的脸颊。

那些花，铺天盖地的魅惑。心口生出一朵一朵的疼。

一个人的花事，在枝头含而不露。

请原谅我的沉默。这个春天，众芳哗然，可我不敢开口。

知道开口便是铺天盖地的灾难。

此刻，我在端详这些文字，她们都是春天里盛开的花。

夜风吹过屋顶

因为灵魂醒着，所以身体也不想睡去。

风明亮地吹过屋顶，我听到一种声音，越来越响。

这样的夜晚，我在自己对面坐下，舒泰，安静。我的名字咳嗽着从灰尘里抽出新芽来。

很多年了，我总是错读了天气预报，把雨雪读成花开，把台风读成多云转晴。我也被误读了若干年。

从此以后，我打算不再理会误解和质问，我要像远山一样沉默，不再与世界争辩。

从明天开始，我要爱上白玉兰，这些下放到人间的天使。

爱上那些红宝石光芒的酒，让我面若桃红；爱上那些长翅膀的歌雀，与它们一样用华丽的高音唱歌。

我还想告诉那些天一黑就瞌睡的人，我彻夜不眠，真的没什么，只是因为灵魂醒着，身体也不愿睡去。

（选自《青海湖》2020 年第 6 期）

外科医生（外一章）

水　子

心愿高过阶梯，心愿一次次被逼回肺泡之内。

在创痕面前，我们都如自我囚禁者，静听苍茫的回声。

秒针已经奔袭在紧张之外，闭合血管和斑驳，他们的手，缝合心底荒凉的时候，一根线的传奇注定不朽。

医学创造了美容术、移植术、置换术。而心术，则在科学研究中不停眨动一双质疑的眼睛，找不到殊途与同归。

危险有时来自缓坡，有时来自人心向度。美学从更高处落下，少不了惊心动魄。外科医生躬下身子，最后的工作使大地的伤口愈合。

一座桥，需要建在心脏内部。

哦。关于桥的传说，多了一则搏动的音组。

精神科悖论

“失忆，是一种独一无二的记忆”。

一个地方，生长着神经网，生长着的墙壁大于一切悖论。

精神世界貌似芳草萋萋，对于一种与告别无关的旁白，一个常年被关在门内的人，要一遍遍重复：磨刀石上，满是与我作对的人——

镇静剂发挥的实效，不在计算的步骤之内。那个幻视者，见到一个城市演奏《蓝色多瑙河》的庞大阵容，但他立即转身扬长而去。

他要逃得更远，密谋家们躲在安眠药后面，人间永远揭不下来傲岸虚无的标签。

假意与真心趋近完美！围城，由来已久。抑郁症躲在角落里，一粒药丸也有自杀的企图。

可我们，最终学会了为自己开处方。

为精神科门内的人下诊断，比较门外的世界，他认真地穿上白色工作服，像脱掉了常人的不堪。

（选自《星星·散文诗》2020年第3期）

墙壁上的鱼（外一章）

田凌云

墙壁上的鱼长着我的面貌。我抓住它，它就流失。

我努力用肉眼解剖它的肚腹，剥开里面波澜壮阔的草原，用我的鼻子做成，雀斑是草原里无人见过的奇异之花。

我继续解剖，打开它弱小的细胞，掏出它从我体内偷走的狼眼。

紫色的狼眼，在夜晚通过墙壁之手临幸我的床榻，往里面注射一种勇敢液体，长久的蜷缩在恐惧之中。

我死死抓住空，它仅存的肉身，放到自己的身上。

成为崭新的自我——跌不痛的风，在身体的草原里获得虚无的救赎。

特殊的绿植

我是特殊的绿植，故把土抹在我的身上，培养我隐秘的生机。

一颗裸露的种子，如何用有限的覆盖温暖自己哭泣的思想？

一个我成为手臂之我，一个我枯萎于手臂；一个我从脚底长出稳定，一个我从另一只脚长出流浪。我是美丽的怪物，以一种特殊的绿植，生于昼夜真实的想象。

以茂盛的奇怪为美，我不断的寻找水源浇灌身体的种子。

自我的藤蔓最终伸出地球，抚摸着银河孤独已久的脸庞。

我和宇宙通婚，最终长成地球，住在太阳的肚子上。

冰凉如水、如湖做的光。

将想象做成手捧的空气的礼物，珍贵而巨大。

我而非我，非我即我。

（选自《星星·散文诗》2020年第2期）

阳诀（外一章）

杨　东

日日放马过西山。

且立一碑，记日月之功名。

结籽的现实都成了往昔。

溪山清远，静穆的黄昏中，幻想谋断有道者，诵辞赋，读经卷。

他模仿了多少古人。

渐起的暮色，掩隐了多少肉身？

苏醒的旧时光，与一片片落红，缓缓奏响不眠的祷词。

因　果

暮色如盖。云淡风轻。

一只鸟载着我一起飞翔。

自然的力量正沉默着隐藏锋芒。

世间多疾：孤疾与民疾，隐疾与显疾，旧疾与新疾——

不外乎罪愆无数；

不外乎涅槃放逐为喑哑的丝绸；

不外乎重重迷境里反复锤炼的因果。

（选自《天山时报》2020 年 9 月 29 日）

证明：或自白书（外一章）

张　元

秋风吹起太多芦苇，为了好好活着，我必须咬紧牙关，像飘零的樱花，那么庄重。

天空和海浪一样坚硬，潮汐早熟，掩埋了一场茂盛的宴会。就让脚步再慢一点，好从容的坚守，被一束阳光唤醒的黎明。

我的演技过于拙劣，在舞台上，很难演出真实地自己，反而让影子显得麻木，远远没有剧本生动。

你也没有足够地勇气，掀开幕布，配角一个人上场，草木不盛，很难修补绝望的尾声。

我需要很多的观众，一点一滴的修好故事。

结局的真伪，很难再去辨认，高于山巅的从容，是我为你搭建的苍穹，卑微里浮动的炊烟，在冬天里，让一只蟋蟀久久徘徊。

在心里，修一座庙，把红尘看破，大雨下了一生一世，宛如野草，肆意蔓延，而落花有时，流水无期。

少年谣

忘记了你的地址，大片雪花枯萎，把大地渲染成红色。

沉默着摇晃，保持风的谦逊，花瓣不请自来，还有新生的绿叶，随一条河流颤动。

只有石头才能长出石头，时间了解时间。

让所有的火焰，再烧一次，点亮星星的骨骼。你我终年不遇，在一场雨中走散。

而我，至今还在梦游。

在水的一端，莫名挖掘空地，放下一路的城池，心里藏着未亡人，幻化出那么多蝴蝶，翅膀多么无辜。

几乎要失去森林，正如，我削弱的句子。不可遏制地残喘，见证四季，春夏秋冬。

在天亮的时候思考，夜晚里情绪稍显分散。今天的太阳和昨天没有什么不同。空气保持干燥。

有些事物过于复杂。

花海深处，叶脉，一文不值。

我心里的故乡下起大雪，旷日持久，落满一地忧愁。

（原载《扬子江》2020 年第 4 期）

草木之心

赵目珍

焚烧——

沉沦之后，重又气聚神凝。不假外求，我有一颗草木之心。

不过，于狂歌中追逐韬光养晦。谈何容易？

心为形役。贪欲是剧烈的颠倒。

而“万物体量无穷，时序没有止期”。

狂风吹动衣襟，如何能不让其摇曳自由的意志？

世传南华有散木情结，可“材与不材之间”如何才能够分辨得清？

还是草木之心最得人心呀！

不紧不慢，欣欣然陶醉于功成身退的幽期。

（选自《青岛文学》2020 年第 5 期）

悬

呆　呆

深夜。听到地球在银河深处整理它的降落伞。

再过一会儿，我的妈妈就要出现在蚕房。她有点着急，担心筐子里的桑叶喂不饱蚕虫。

再过一会儿，星星就要破茧而出。

我有点着急，听说雄星星爱了雌星星之后，就会身首异处。头颅坠入大海，身躯浮成一粒草籽。

（选自《星星·散文诗》2020年第5期）

万水千山徐霞客

舟自横

江南三月。万物有光。

鸟鸣落到大地绽出新芽。翘望远方的徐霞客，衣衫徐徐，如空蒙的帆影，倒映在如海的碧蓝天空。

我从遥远的北方来。三百多年后，我仍是徐霞客的随从。

空空的小船静静地卧在深邃的时光里。徐霞客似乎看见木桨拍打着水面。催人的梆声声声急。

别后山高水长。徐霞客站在船上，举头看见一朵白云始终跟随。云卷云舒，似故乡的灯火。芦苇与蛙鸣，是游子携带的故乡炊烟。

万古沉睡。山水鸿蒙。

第一个闯入者，与野草和阳光没什么两样。向大自然取经，徐霞客的双腿恍若木鱼。为流水启蒙，为群山命名，徐霞客当为开天辟地者。

夜晚栖身破败的庙宇。星光为滴漏，山风翻动大地的辞章。佛像无语，萤火遥远，此生只为一束光前行。

一个人，在孤绝深处与天地融为一体，近乎神。

三十多年，日月经天，双足患疾，他的钙质补充到了大地。

五十一岁，徐霞客当时的年纪与我如今相仿。游记里的词语返乡。还有那么多的词语，再也等不到他的纸张和如椽巨笔，终生流浪且彷徨。

（选自《散文诗》2020 年第 3 期上半月刊）

子夜巫歌

左　右

如果不是风醉人间，我不曾驻足，也不会窥视那盏高傲的灯。

长安的钟声如影随形，余音在摇曳、回颤。

我的手，是一把自唐自宋自元自清传至今的马头琴。

我的歌，是一阕在南门外邂逅游魂的词曲。

子夜的街是一组盛大的词，词语的酒杯里盛满古都的虫鸣、酒徒与生活的苦涩。墙角下枯萎的喇叭花，让我有了莫名的醋意：它们三两成影，我却只身一人。

历史厌恶所有活着的声音。眼前的一缕明城墙，拽着我斑驳的手，迟迟不肯松开。

倚在墙下，躺在子夜怀中，我抱着满是补丁的明月。

（选自《天山时报》2020 年 6 月 20 日）

月亮奔跑（外一章）

曾入龙

比起那些孵化了的，躺在河床上的鹅卵石，我更爱悬在天上的那颗。它有时发出柔软的光，有时亲吻口若悬河的云朵。

它有时踮起脚尖站在云朵的额头上。

有时也在鬓角上。

有时忧伤。

有时又像一只小羊羔一样欢快。

于是——

天空就绿了起来。云朵成了毡包。星辰成了山丘。在这片广袤的草原上，你看——

它在奔跑。

它在奔跑。它打翻了一只赤色的，锈迹斑驳的马灯。这只马灯主要由太阳和远方构成。

一地碎月亮

那就拾起来。拾进伊人的香囊里。你看——西厢无声。寂寂的月光，灰烬一下熄灭。

那就撒入杯中。

由那痴人一饮而尽。

那就这样吧。猫一样的月亮，蜷缩在风里。风吹过——

你走过。

我每敲一下月亮。

整个大唐就颤栗一下。

（选自《大沽河》2020 年春季号）

雨季（外一章）

北　琪

雨一直下，就这样，下到内心滂沱，下到昏天黑地；就这样，下到视野里没有一丝缝隙。

心在旷野里游荡，已看不清来时的路，一路狂奔，来不及停歇半刻，来不及理一理被淋湿的记忆。

那个夏日的午后，阳光灿烂。没有一丝征兆，狂风骤起。各种树，各种花，各种草，甚至每一粒沙子，都缩紧了脖子，在风中摇摇晃晃。雨，就这样，肆虐着，汹涌着，拍疼了天和地。

走过了夏季，走不出雨季……

梦想着：心中撑起一把伞，漫不经心地，等雨。

雪　痕

冬，如约而至，雪，欣然到来。就这样，开始了季节的对白。

踏雪，在那个寒冷的冬季，是最温暖的记忆。月光下的雪地，撒落一地晶莹。

沿着河堤漫步，那冬天的精灵，飞舞着，落在发间，落在耳旁，飘散在笑声里。任风吹散纷飞的发丝，吹疼脸颊，傻傻地望着天空追问雪花：这冬，会不会走远，成为今生一抹永远的痛？未来的日子，当雪掠过额头，会不会总有一丝愁绪袭上心头，挥之不去？

雪落无痕，你的心里可曾沉积着阴云？冬季已走远，你的世界还在为谁徒增寒意？

（选自《大湾》2020 年第 3 期）

轻轻的，不说分离

丛林嘟嘟

周六早晨，我不关心宏大叙事和世界任何角落，也不再操心蔬菜汁的新鲜度。

一曲《秋风词》，正掠过高山流水而来……

肥东，桥头集镇。

一人，一壶，两小盏。

茶香袅袅升腾，我和自己分坐茶桌两边。

我们不讨论天气，不谈论信仰。

静坐，观茶，滋养茶宠。

仿佛这美好的人世间，你给我的爱由来已久。

此刻，我不再是谁，除了自己，

谁也不在……

我从深秋赶来，为了前世在爱情隧道编织的一个童话。

烟雨蒙蒙，没有一片绿叶可成荫，两条湿漉漉的轨道各自伸向远方，像我们今生无法并集的故事。

走进爱情隧道，不言情不说爱，我们终于从茶意第一层抵达十八层，完全沉浸在另一重境界。

（选自《新安晚报》2020 年 1 月 3 日）

花替她醒着

小　景

很久以前，我去过一个人的心里，看见一个不同于她的人。

她是我的外祖母。

她坐在梳妆镜前，拈花儿。谁也不知道那是她爬到树上亲自折下来的，她微微低着头，一副大家闺秀的模样。

她的丈夫，她的大儿子、二儿子都先于她离开人世。年迈的她坐在炕上，绣花。她微微低着头，头发花白，仍是一副大家闺秀的模样。她绣出的每一朵花仿佛都醒着，风一吹就散发着清香。

自从她走后，每当走过开满花的树，我都会看到一个聪慧的女孩敏捷地爬上树，折花。

每一朵花，都替她醒着。

（选自《散文诗》2020年第11期上半月刊）

叙旧（外一章）

雾小离

风吹过来的时候，我巧妙地躲开了它。

苹果树的第三片叶子往左稍稍倾斜。那是靠近夏天的风，把回忆吹得比暮色更加柔和一些，把樱桃花吹向了五月。把少女吹回十二年前雏菊盛开的山坡。我们是其中略小的两朵，酣睡在满身露水的时辰。醒来的时候，就聊一聊它们，风、暮色、种子——期待已久的信件，和淡紫色的香味。

万木葱茏，世间美好，我们渴望长大。

月牙乳白，像极了那些遥远又可爱的事情。

火　车

喜欢坐火车，旧式的绿色铁皮火车，要坐很久的那一种。

看火车上来来往往的人群，彼此陌生又疏离，点头致意又迅速分离。我喜欢那种慢，从上午到下午，从北方到南方。我喜欢它每一站的停留，但不为某个人而停留。顺着光线的变化，内心的丰盈，从无到有。

在窗外闪退的景色中，我认清时光消逝的样子。

喜欢坐火车，那种感觉，就像是什么都不做，就做了一生的事情。

（选自《散文诗》2020年第9期上半月刊）

风到海上去（外一章）

刘赞科

进门的风，擦亮四壁，擦亮母亲的忧伤，风干屈辱。

进门的风，击打黄色的脸，铮铮作响。奔走的双脚，触到方向。

灵魂的向往谁可阻隔，再次站立的民族永不再倒下。

风带着诺言，到海上去。帆已涨满，号角已吹响。别对高悬的天失约，别对水中的鱼失约。再斟满一杯豪情，出航。

前行啊，父亲们，一轮红日为你们导航。

风到海上去，会带回汛期的消息。

海是另一种土地，有另一种耕作的方式。只有出海，没有返航。

被遗弃的船

岸上一只灰黑的船，风吹动嶙峋的骨，咚咚作响。

风干的鱼。黑风暴抖落尾翼。

遗弃，滞留，永远的丧失。这是船的命。海，空虚了许多，浪花钻出水面，跌倒再爬起。

浩浩荡荡的风，寻不到帆。风失去方向。

失去方向的还有渔夫的命。

残破的网线勾勒着船往日的模样，沿着缝隙，强要伸向海。

船离开海，鱼离开水。今生的命，来世的魂，渔夫一并丧失。

浩浩荡荡的海，寻不到船。海，坑坑洼洼。

渴望一场风暴，卷起这把残身碎骨抛入海中，与鱼同游。

（选自《青海湖》2020 年第 6 期）

就这样漫无边际地走（外一章）

王占斌

就这样漫无边际地走，不闻春风，也不问啁啾，只用体温测量华灯初上的小路，腹中的草稿却早已绿肥红瘦。

想一想顶着一篮子的月光，和心仪的人肩并肩，就不再羡星辰私语，也不慕临街黑暗窗口下相拥的两杯咖啡。

大地真寂静啊！就是两个人虔诚地相厮相守。

随手揪住一把心事，漫天的萤火虫在飞舞。这些突然来临的不速之客，敲着边鼓，扑通扑通像一封信，突然跌入漆黑的邮筒。

这无尽的夜晚，两个人漫无边际地走。只看见遥远天际的两颗星星，神秘向西，忽闪忽闪靠拢在一起。

忽闪忽闪就合二为一，忽闪忽闪就屏住了呼吸。

花红之时

花红之时，大雪的身后跟着一只白狐。遥远山头上的闪电，只一个来回，人间便多了数不清的期许。

山盟翻开海誓崭新的册页，逐渐放慢了释放暗香的浓度。有时候回眸就是错误，需要用一生去努力纠正，看花时花不语，看叶时叶枯黄。

大雪的前面还是大雪，你呼唤着白狐，用坚持的体温计，用耐心的圆规，测着测着，画着画着，就不再孤独。

大雪的身后，一只坚定的白狐紧紧相随。不要怕迷失方向，风吹北斗，总会垂下一条勺子一样的绳索。

人间便多了追随，多了随随便便的问候。

（选自《散文诗》2020年第8期上半月刊）

鼓：倾听与怀念

张　毅

在途中行走，有一种声音始终响着：

一只鼓，又一只鼓。

岁月的手势起伏着，一种木结构的物体舞蹈着向你靠近。这个秋天，在土地和宗教的歌声中，我把颤抖的手掌涂满酒气，等待某个时刻骤然而至。

倾听或怀念，你不可忘记：鼓的意境，鼓的经历。那种声音把我带到某种境界，我无法表达的感情在空旷的黄昏传得很远。

我看见许多闪光的面孔被神秘之火燃烧，深宅里红光一片。我卑琐的手掌仿佛大风中的高粱，一节节脱落。

倾听一种声音要很好的心境。月明山远，那些束身女子纷踏而至，纤手遥指去年的桃花。

红唇分开雨季。谁的鼓槌从远古直逼我的骨头？她们红色的影子如文化之鱼，把我游得波光粼粼。

这是远离鼓声的平凡岁月。我在城市被草莓气息浸透，那些腰鼓远逝，如历史大鸟只留下雪白的鸟粪。

鼓呵，你们踏过的苍茫岁月，何时在我心中再次溅起无边的秋月、雪意和钟声。

（选自《青海湖》2020 年第 6 期）

取　暖

高　专

咖啡色皮衣搭放椅子上，一肩的波浪随意扎成马尾辫，淡黄竖条毛衣隐约着岁月熟透的果实。

生活突然转向，明天你将远走高飞。

一改在生活的边缘彬彬试探的习惯，言语冲垮了昔日亲手堆积的幻景，并从演绎的角色中剥离出自己。

忽推的心窗照得半睁半闭看世界的我极其不适。

昨天背靠冬阳。今天冷风打动了一街的旗子。

春城小花园西餐厅的正午，雅座稀稀松松的人有种年节前的冷清。不间断的话或许只为盖住那些起伏的心事，并悄悄腾空满腔的郁积。对突变的现状只字不提，然而无意间怅然还是冒出了泡。

此时刻，我们太需要心的偎靠，哪怕只如此对坐着，也是对彼此的温暖与拯救。

常常错过在一墙之间，上下楼梯间或一念之间，因没有相携者，我们在衣冠锦饰中抖颤。出现看得见了——但两心实则隔着千山与万水。心与心的路是人世间最遥远崎岖的探险之旅。

生活不会稍停，我们还得循着它的背影小跑着追赶上去。

明天你将腾空北去，从此天各一方。

续杯中，果茶喝出白开水味。杯盏间时间之尾正溜逝。

我开始焦躁起来。你起身离座留有的余地里，我搓热了手……

当你折返坐定时，搓热的手一把握住你滑润且略显冰凉的手，像一团火捂住冰……

很少低头的你眨动着眼睫毛，有了不易觉察的动容。

也许，这是留给你关于温度最后的印象了。

撤出音乐咖啡的氛围，诀别街口时，冷风撕扯着大衣，似乎想留下条条缕缕的记忆。眼看一个巢穴被抽走根根枝条，待孵化的蛋砸溅一地。

世界太大，大得没人听清我痛的叫嚣。

刚清晰的又将一片模糊。

明天此时，轰鸣声中你将划过蓝天隐去在彩云中，我会登顶西山翘首为你送行。

而实际上，内心的口子越撕越大……

一场风暴正在贯通。

（选自《散文诗》2020年上半月第4期）

到他乡遗忘（节选）

顾　梦

一

蛙声漫溢的田野，葱茏一片。一个奔跑着的春天，是如此通透、深邃、俊采、空灵。

泥土的芬芳，沿着一枚花瓣浸入春天的每一小块肌肤。

水做的骨肉，水做的波纹，把老家的一切滋润、濯洗与梳拢。尘埃落在低处，被蛙们尖耸的绿嘴巴拱起。故乡的湖，一晕晕的漾动开来。

莲藕的情怀藏在河流的最暗处，被悄然打开，除了河对岸灰砖青瓦的老房子。

小石桥上，翻飞的鸽群已把故乡的发髻眉梢，扑棱出一片片新绿的油彩。生命以各种不同的版本和经纬，复活并存在，在视野内外一一铺展开来。

二

一粒小小的芽孢，在春天有着强大的力量，为我打开了一个明媚的新世界。

一截从初夏开始枯干的树枝，一段就要断流的环村河，一段逐渐稀疏下来的篱笆墙，一根将朽垮的旧木桩，一块风化的大青石，一座斑驳的青砖瓦房……

不经意间，我和父亲愈发接近了：那发色、皱脸、驼背，那渐缓的步履。

父亲就是那座土坯墙，保存着大地最初的衰老和沧桑，我的父亲就要老成了一把土琵琶。最简单、最质朴的那一粒微尘，必将回归到宇宙的中央，我的愿望是多么强烈，多么迫切。

三

你坐着小船，停泊在我的岸滩，在秋风里唱着童谣。

你是这世上最美的涟漪啊！最美的诗篇，雨丝，流水，露珠，散落的，线装的，精装的，都被统统装进秋天这部大书。树的眼睛，草的眼睛，庄稼的眼睛，乡村的眼睛，你和我，都在阅读。

叶子绿着，任花瓣羞落。花朵打我生命里走过，有各种版本的体香、蕊瓣、软萼。

东南风捎来，是另一种不腐的水流，硬过我们的骨头。

（选自《散文诗世界》2020 年 6 期）